KB033546

블루 4호

블루 4호

파스칼 마레 지음 | 장한라 옮김

다봄.

루이즈에게

강아지를 선물해 주지 못한 대신 이 책을 바칩니다.

차례

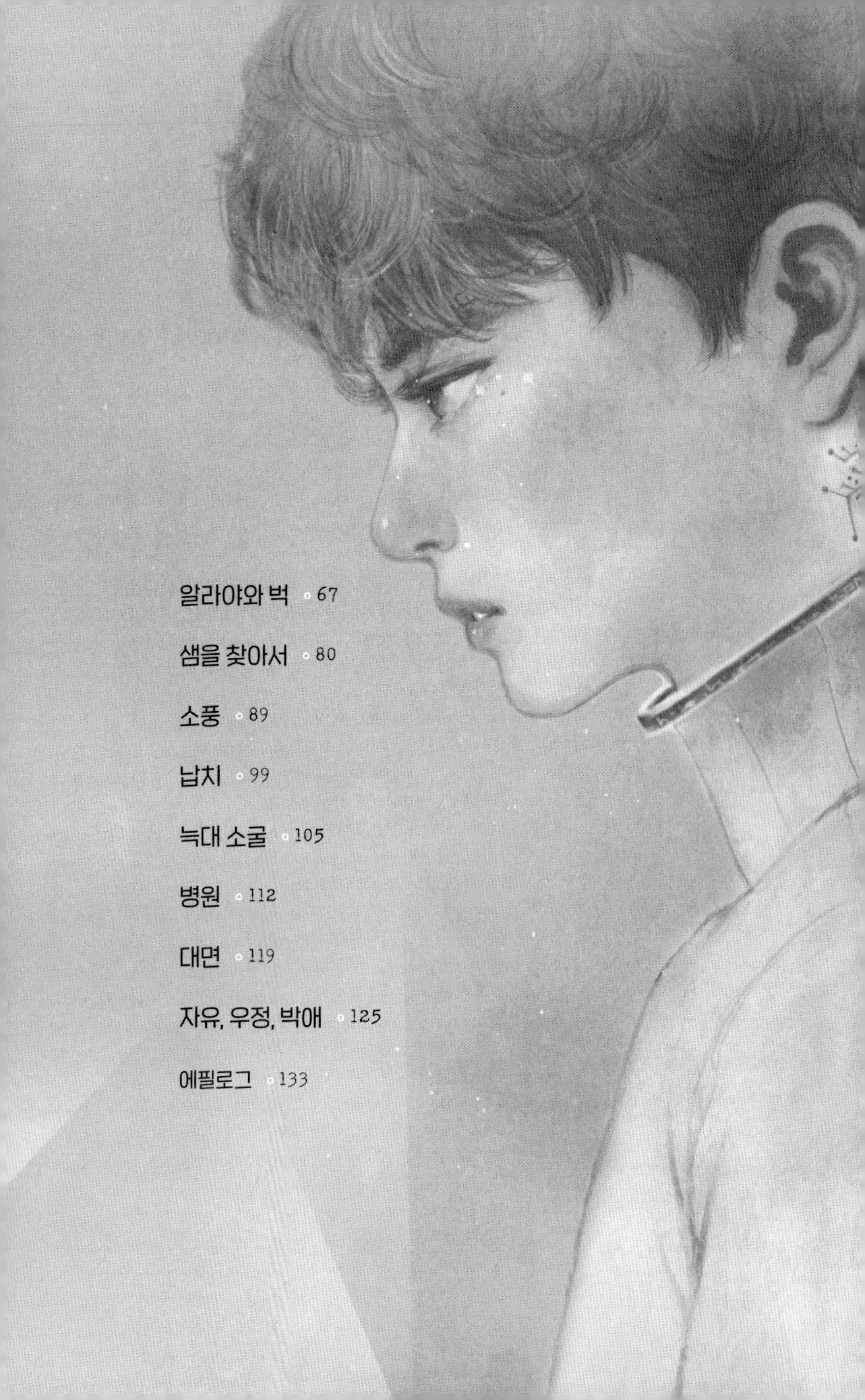

벨상떼 구역

아주 오랫동안, 그러니까 내 인생 12년 동안, 나는 지구 위에 벨상떼 구역만큼 살기 좋은 곳은 없다고 정말로 믿고 지냈다. 비교할 만한 기준이 없었다고 해야 맞을 거다. 이곳을 한 번도 떠난 적이 없으니까. 그래서 비리앙 바부가 바깥세상에 관해 알려 주기 전까지는 아주 막연한 생각만 품고 있었다. 그렇다고 해서 아쉬울 건 없었다. 어떤 면에서 보자면 나는 구역에서 아주 행복하게 지냈으니까.

세 살이 될 때까지는 유아원에서 지냈지만 그곳 기억은 하나도 없다. 그 다음 청소년의 뜰로 옮겨 가서야 비로소 아름다운 인생이 시작됐다. 벨상떼 구역에는 아이들이 문제없이 성장할 수 있게끔 모든 게 갖춰져 있었다. 아침이면 나와 1호, 2호, 3호, 5호가 (나는 4호였다) 함께 자는 블루 방으로 알리사 무나가 들어와 우리를 부드럽게 깨웠다. 무나는 낮잠 시간이 될 때까지 우리 블루들을 돌봐 줬다. 오후에 오는 무나도 좋았지만, 나는 알리사 무나가 제일 좋았다. 알리사 무나는 아침 식사를 가져다주고 우리를 데리고 병원 검사를 받으러 갔다. 그러고 나면 게임으로 몸과 마음을 훈련시키는 바부에게 우리를 넘겼다. 정오가 되면 각자에게 필요한 영양소를 정확히 조절한 식단에 따라 점심을 먹었다. 그 후 낮잠을 자고 혈액 검사를 마치면 우리는 다같이 모여 대행진을 하며 중간중간 건강 체조를 했다. 그 다음에 저녁 식사를 하고 다시 블루 방으로 갔다.

우리와 비슷한 아이들은 옆 기숙사에도 자리 잡고 있었다. 레드, 그린, 옐로우, 바이올렛, 브라운이었다. 우리 블루들은 옐로우들과 함께 활동하는 일이 잦았는데 나는 특히 옐로우 3호와 마음이 잘 맞았다. 반면 그린 2호와 브라운 4호와는 자주 다퉜던 기억이 난다.

편안하면서도 지켜야 할 규칙이 많고 조용하면서도 따분해서 매일매일 같은 날처럼 느껴졌다. 이런 생활은 구역의 모든 아이가 차분한 성격으로 건강하게 자라게 해 주었다. 무나와 바부는 친절하고 믿음직하게 우리를 보살피고 교육했다. 짜증을 내거나 소리를 지르거나 아주 조금이라도 화를 내는 일은 단 한 번도 없었다. 관심이나 다정함을 진심으로 드러내는 일 역시 단 한 번도 없었다. 사실 다정함이나 분노라는 감정 표현은 운명의 손이 날 붙잡아 구역 바깥으로 내팽개치고 나서야 알게 되었다. 어린 시절 내내 이렇게 한없이 평온하게 지냈기 때문에 감정이 마비된 것처럼 내 마음에서 벌어지는 혼란 같은 것은 조금도 몰랐다.

열두 살이 되자 나를 비롯해 블루 방에 있는 친구들 모두가 청소년의 뜰을 떠나 청년 생활관으로 가야 한다는 안내를 받았다. 우리보다 한 살 많은 그린들이 1년 전에 그랬던 것처럼. 우리는 유아원을 거쳐서 청소년의 뜰로, 청소년의 뜰에서 청년 생활관으로, 그러고는 청년 생활관에서 성인의 궁전으로 옮겨 가는 것이 자연스런 삶의 흐름이라고 알고 있었다.

유아원 이전과 성인의 궁전 이후의 시간은 미스터리였다. 바부들은 우리가 살아가는 것은 위대한 설계자 덕분이라고만 말했다. 벨상떼 구역의 연구실에서 설계자가 아기들을 만들어 내고, 구역에서 일생을 마치고 나면 거대한 잠에 빠져든다고 했다. 그것이 우리가 운명에 관해 알고 있는 전부였다. 위대한 설계자가 우리를 왜 만들었는지, 우리가 존재하는 목적이 무엇인지 하나도 알지 못했다. 또 솔직히 말하자면 이런 건 그다지 중요하지도 않았다. 바깥세상 사람들도 보통 이러한 질문에 대한 답을 모른다는 걸 나중에 알게 되었다.

그렇지만 얼마 가지 않아 나는 내가 존재하는 목적에 얽힌 진실과 마주했다. 아주 단순하고 명확하고……, 아주 끔찍한 진실과.

비리앙 바부

청년 생활관 생활은 청소년의 뜰 생활과 많이 비슷했다. 큰
차이라고 하면 우리를 돌봐 주는 무나들은 없고 바부들만 있
다는 정도였다. 우리는 의문을 품지 않는 데 익숙했기 때문에
굳이 이해하려고 하지 않은 채 이런 변화를 받아들였다. 다
만 어렴풋한 불안이 나를 사로잡기 시작했다. 불쑥불쑥 울고
싶은 마음이 들어 참기가 어려웠다. 알리사 무나와 옐로우
3호도 그리웠다. 이 두 사람을 잃었다는 사실이 낯선 감정을
불러일으켰다. 구역 안에서는 감정에 관해 알려 주지 않았다.
나중에 가서야 그 감정을 슬픔, 사랑받고 싶은 마음, 외로움
이라고 부른다는 것을 알게 됐다. 더는 바부들이 준비한 게임

을 하고 싶지 않았고 건강 체조도 억지로 했다. 친구들하고 난리법석을 떨며 놀지도 않았다. 입맛까지 없어지자 건강 관리 담당자가 걱정하기 시작했다. 담당자는 내 바이오칩을 모두 검사하면서 머리부터 발끝까지 낱낱이 조사하고서는 새로운 기능성 식품을 처방해 줬다. 영양을 공급하는 동시에 치료도 해 준다고 했다. 그렇지만 먹어도 딱히 입맛이 돌거나 기분이 좋아지지는 않았다.

며칠 후 오후 신체 훈련을 담당하는 바부가 새로 왔다. 이름은 비리앙. 마른 몸에 키가 작고 밤색 곱슬머리이고 눈에는 생기가 돌았다. 처음에는 그다지 관심이 없었다. 우리를 돌보는 예닐곱 명쯤 되는 바부와 다르지 않은 데다 무엇보다 나는 어느 것에도 흥미가 없었으니까. 그렇지만 비리앙 바부는 내게 관심을 기울였다. 내 상태를 곧바로 알아차렸을 뿐만 아니라 이해하기까지 했다.

어느 날 훈련이 끝나고 다른 아이들이 샤워실에서 물을 튀기며 놀고 있을 때였다. 나는 샤워실에서 나와 목욕 수건을 두르고 의자에 앉아 있었다. 옷을 챙겨 입어야 하는데 기운이 없었다. 비리앙 바부가 다가와 내 어깨에 손을 올리고는 아주 부드러운 목소리로 말했다.

"저…… 블루 4호야, 어디가 안 좋니?"

지난 몇 주 동안 사람들이 나에게 수도 없이 던진 질문이었다. 비리앙 바부는 한 마디를 덧붙였다.

"청소년의 뜰이 그렇니? 쓸쓸한 거야?"

구역 안에서는 어떤 감정을 느끼는지를 서로 얘기하는 법이 없다. 내 감정을 묻는 질문을 듣자 온통 뒤흔들리는 기분이 들었다. 처음으로 비리앙 바부와 제대로 눈을 맞췄다. 그 눈 속에는 내가 전혀 몰랐던 따스함과 부드러움이 깃들어 있었다. 내 마음 속에 솟아난 생소한 감정을 느끼며 대답하려는데 물놀이를 마친 아이들이 샤워실에서 돌아와 정해진 활동을 이어가야 했다.

그날부터 내 삶은 바뀌어 갔다. 비리앙 바부를 만나고 싶어 오후 훈련 시간을 초조하게 기다렸다. 비리앙 바부는 다른 사람들 앞에서는 내게 딱히 이렇다 할 관심을 드러내지 않았다. 하지만 눈빛이 마주칠 때면 내게 말을 건넸던 바로 그날과 꼭 같은 따스함이 전해졌다. 마치 눈길 속에서 조그만 불씨가 피어올라서 무딘 내 영혼을 조금씩 깨우는 것 같았다.

생각에 빠져 있는 시간이 갑자기 늘었다. 낮이고 밤이고 할 것 없이 머릿속에서는 궁금증이 미치게 맴돌았다. 여기랑 비숫한 다른 구역들도 있을까? 바깥세상은 완전히 다른 곳일까? 바부들과 무나들도 유아원과 청소년의 뜰을 거쳤을까? "쉬러 가야겠구나, 내일 만나자"라고 얘기하고선 대체 어디로 가는 걸까? 청소년의 뜰을 떠나면서부터는 왜 여자애들이 있는 옐로우 방과 남자애들이 있는 블루 방과 그린 방을 나누는 걸까?

온갖 질문이 넘쳐 머리가 터질 것 같았다. 축 처져 있던 마음도 들끓기 시작했다. 건강 관리 센터의 생체전자공학자 선생님은 전부 나이 탓이라고 했다. 몸이 자라면서 여기저기 바뀔 때니 자잘한 혼란에 빠질 만도 하다는 거였다.

그린 2호가 갑자기 사라지는 일이 없었더라면 나는 비리앙 바부에게 질문할 생각을 하지 않았을 거다. 다 같이 점심을 먹고 있는데 아르보르 바부가 그린 2호를 다른 구역으로 데려가야 한다면서 허겁지겁 찾았다. 아르보르 바부가 그린 2호를 데리고 나간 지 얼마 되지 않아 창문 너머로 바부들이 종종 사용하는 초고속선에 올라타는 사람들이 보였다. 그 후로 그린 2호의 소식을 영영 듣지 못했다. 그린 2호가 자취를 감춘 사건은 벨상떼 구역과 바깥세상에 관해 품고 있던 온갖 의문들을 되살아나게 했다. 나는 어느 날 행진하던 중에 살짝 뒤로 빠져나와 비리앙 바부 옆으로 갔다. 나는 시선은 마주치지 않은 채 말했다.

"바부, 뭐 좀 물어보고 싶은 게 있어요."

부모님, 개, 마을

행진을 비롯해 단체 훈련에 시간을 꽤 많이 빼앗겼다. 그래도 비리앙 바부는 셀 수 없이 많은 내 질문에 놀라운 대답들을 틈틈이 조금씩 풀어놓았다.

가장 충격이었던 건 바깥세상에서는 아이가 '아버지'와 '어머니'라 부르는 남자와 여자 사이에서 태어난다는 사실이었다. 남자와 여자의 세포가 합쳐져 만들어진 생명체가 어머니의 몸 안에서 일정 기간 자란 다음 세상 밖으로 나오면, 아버지와 어머니가 아이를 감격스럽게 맞이한 후 아끼면서 키운다고 했다. 모조리 믿을 수 없는 이야기처럼 들렸다.

"상상해 보렴. 오직 너를 위해 바부와 무나가 딱 한 명씩 있다면 어떨지 말이야."

"저 혼자만을 위해서요?"

"응. 너 혼자만을 위해서. 물론 형제자매가 있을 수도 있지만."

"'형제 자매'는 뭐예요?"

비리앙 바부가 설명을 해 주려는데, 블루 아이들이 목청을 드높이며 다가오는 바람에 듣지 못했다.

비리앙 바부의 이야기에는 처음 듣는 말이 많았다. 구역 안에서의 경험으로는 결코 짐작조차 할 수 없는 새로운 개념들을 받아들이는 데는 시간이 걸렸다. 예를 들면 난 동물들이 새끼를 낳는 걸 본 적이 없었다. 질병에 걸릴 수 있는 생명체는 구역 안에선 키울 수 없기 때문이었다. 그러다 보니 비리앙 바부가 바깥세상의 다양한 동물들을 설명하면 상상에 기대야 했다. 그 중 가장 알쏭달쏭했던 건 바로 개였다.

"그런데요 바부, 개는 커요 아니면 작아요?"

"어떤 개는 베개 위에서 잠들 수 있을 만큼 작고 또 어떤 개는 침대를 전부 차지할 만큼 크단다."

"그럼 귀는요, 어떻게 생겼어요?"

"귀 말이니? 어떤 건 뾰족하게 서 있고 또 어떤 건 길게 축 늘어져 있지."

"그럼 꼬리는요? 길어요, 짧아요? 쭉 펴져 있어요, 아니면 구부러져 있어요?"

"개마다 다르단다."

"그런데요 바부, 개를 어떻게 알아볼 수 있죠?"

"흠…… 아 그래! 개들은 누가 공격할 것 같으면 '워! 워!' 소리를 내며 짖고 달려들어 물기도 한단다."

크게 네 지역으로 나뉜다는 바깥세상이 얼마나 거대한지도 상상하기 어려웠다. 벨상떼 구역이 자리 잡은 유로랜드 외에 아시아랜드, 아프리카랜드, 아메리카랜드가 있다고 했다. 또 각 랜드마다 도시와 자연 보호 지역이 있으며 도시에는 엄청 많은 사람이 살고 있다고 했다.

비리앙 바부는 바깥세상에 대해 자세히 설명해 주었다.

"확실히 얘기할 수 있는 건, 바깥세상 생활이 그렇게 나쁘지 않다는 거야. 물론 복잡한 도시에 살면서 일하는 게 고될 때도 많고 주변 환경이 늘 아름답지만은 않아. 그래도 산책하거나 터보튜브나 공중 셔틀을 타고 다른 도시나 자연 보호 지역으로 여행하는 즐거움이 있어. 또 친구들을 만나서 술도 한잔 하며 얘기도 나누고……."

"지금 우리 둘처럼 얘기를 나누는 건가요?"

"그렇지, 우리처럼."

"그러면 우리 둘은 친구인 거예요?"

"맞아. 블루 4호야, 우린 친구란다."

"비리앙 바부가 제 아버지였으면 좋겠어요."

"그건 불가능하지만, 네 친구는 될 수 있단다."

"근데 바부는 왜 다른 바부들하고 달라요?"

"그것도 때가 되면 설명해 줄게."

나는 비리앙 바부가 들려주는 바깥세상 이야기에 마음을 쏙 빼앗겼다. 길거리, 자동 주행 도로에 늘어선 탑승선 행렬, 가게, 가족 모임 등을 어찌나 세밀하게 묘사하는지 듣고 있노라면 지루할 새가 없었다. 가끔 이해하기 어려운 것도 있었다. 돈이라는 것이 무엇인지, 왜 물건을 돈이라는 것으로 '사야' 하는지 이해할 수 없었다. 구역 안에서는 무엇이 어떻게 제공되는지 궁금해하지 않고 그냥 쓰고 있었으니까.

"그럼 바부도 가족이 있는 거예요, 바부?"

"어머니가 계셨는데 작년에 돌아가셨단다."

"어머니가 그리워요?"

"응, 그립지."

비리앙 바부 얘기를 듣다 보니 바깥세상에 품었던 궁금증은 많이 해소되었다. 구역 바깥을 향한 호기심이 조금 사그라들자 오히려 구역 안을 향한 호기심이 커졌다.

믿을 수 없는 진실

"그런데요, 비리앙 바부, 왜 구역에 사는 우리는 아버지도 없고 어머니도 없는 거예요? 우리를 만든 건 어째서 위대한 설계자인 거예요? 우리가 먹고 쓰는 데 필요한 돈은 누가 주는 거예요? 우린 왜 존재하는 거예요? 우리를 사랑해 주는 아버지나 어머니가 있는 것도 아닌데……."

이 모든 질문을 머릿속에서 굴리고 또 굴리다가 비리앙 바부에게 물어보았다. 아무도 방해할 수 없는 때를 골라서 말이다. 비리앙 바부는 놀라지는 않았지만 난처한 기색이었다.

비리앙 바부는 한동안 뭔가를 생각하는 듯하다 마침내 입을 열었다.

"그래, 너는 진실을 알 권리가 있다는 생각이 드는구나. 단, 경고하는데 내가 풀어놓을 얘기는 받아들이기 힘들 거야. 아주 많이 힘들 수 있어. 자, 복잡한 얘기니까 잘 들으렴. 50년쯤 전, 1990년 무렵 과학자들은 생명체를 만들 수 있는 새로운 방법을 발견했어. 내가 전에 설명했던 것처럼 보통 수컷과 암컷의 번식 세포가 합쳐져야 새로운 생명체가 생긴단다. 그런데 암컷이든 수컷이든 상관없이 어느 한 쪽의 특정 세포만을 증식해서 생명체를 만드는 연구에 성공한 거야. 쉽게 말해 어떤 생명체와 똑같은 생명체를 하나 더 만드는 거야. 본래 생명체와 똑같다고 해서 '분신'이나 '쌍둥이'라고 부르기도 했는데, 과학자들은 '복제동물'이라고 했어. 처음에는 동물을 가지고 실험했거든. 복제동물 만드는 데 성공하자 인간을 대상으로 한 실험도 연달아 성공했지. 복제인간 실험 초기에는 인간의 몸에서 태아를 키워야만 했어. 그러다 얼마 되지 않아 인간의 몸 대신에 특수 제작한 실리콘 주머니를 활용하는 기술을 개발했단다. 이런 모든 연구와 실험은 적잖은 문제를 불러일으켰어. 복제인간 문제는 가족의 개념을 헷갈리게 만들었지. 복제인간에게 세포를 제공한, 복제인간과 똑같은 나이의 인간을 '아버지'나 '어머니'라고 할 수 없었으니까. 그래서 이들을 '원본'이라 불렀어. 하지만 인간 복제기술은 인류 전체를 혼란에 빠뜨렸단다. 그 바람에, 순식간에 금지되었지. 아주 특별한 경우를 빼고는 말이야."

나는 비리앙 바부의 말을 끊었다.

"혹시 제가…… 제가 복제인간이에요? 지금 그 얘길 하려는 거예요? 구역에 있는 다른 아이들도요?"

"맞아, 넌 복제인간이야. 다른 아이들도 마찬가지이고."

"그럼 제 원본이 있다는 건가요? 어딨어요?"

비리앙 바부는 한층 더 진중한 기색을 띠었다.

"자 보렴. 바깥세상 사람들은 여기 벨상떼 구역에서만큼 보호받으며 살지 못해. 병에 걸리거나 사고를 겪는 경우가 많단다. 신체 일부가 크게 상처 나거나 기능을 잃을 수도 있다는 거야. 그러면 심장이나 신장 같은 장기나 손가락이나 각막 같은 신체 일부를 건강한 것으로 바꿔 치료하고 생명을 연장하기도 해. 이걸 '이식'이라고 하는데 바깥세상 의사들이 아주 잘하는 일이란다. 문제는 이식할 장기를 구하는 게 정말 어렵다는 거야. 그러던 중에 인간 복제기술이 성공하자 사람들은 끔찍한 아이디어를 떠올렸단다. 본인이나 자녀들의 분신, 곧 복제인간을 만들어 언제든 원할 때 건강한 장기로 교체할 수 있게 하는 거지."

이야기를 듣고 있자니 정말로 기분이 나빠졌다. 진실을 속속들이 들여다보는 일에 엄두가 안 났다. 비리앙 바부마저 말을 멈췄다. 진실이 너무 가혹했던 탓이다.

내가 작은 목소리로 침묵을 깼다.

"구역에 있는 저랑 다른 애들은 원본이 필요할 경우를 대비해 만들어 둔 예비 장기라는 말씀을 하시는 거예요? 그게 우리가 존재하는 이유라고요?"

비리앙 바부는 곤란해하며 나를 딱하게 바라봤다.

"그래, 잘 이해했구나."

"그러면 우리 몸에 바이오칩을 잔뜩 붙여 놓고 계속 건강 상태를 확인하는 것도, 철저하게 개인 식단을 관리하고 체력 훈련을 시키는 것도 전부 원본을 위한 거예요? 우리 장기를 건강하고 완벽한 상태로 유지하려고요?"

내 목소리가 커지더니 울음이 섞여 나왔다. 처음 겪는 일이었다.

"우리를 오염된 바깥세상과 멀리 떨어진 여기, 좋은 환경에다 가둬 둔 게 그런 이유였어요? 아기 때부터 무나들이 밤새 곁을 지키고 바부들이 우리를 훈련시킨 이유도요? 언젠가 원본의 심장이 느려지거나 손이 하나 잘리면 완벽한 심장과 손으로 교체하려던 거였군요."

"진정하렴, 진정해라. 정말 끔찍한 일이지? 나도 알아. 그래도……."

불현듯 소름 끼치는 생각이 머릿속에 떠올랐다.

"혹시…… 그린 2호를 데려간 것도? 그린 2호의 신체 일부를 떼어서 원본에 이식하려고요? 뭐였어요, 어느 부위였어요? 그린 2호는 지금 어디 있는데요?"

"그린 2호는 운이 없었어. 원본이 큰 사고를 당해 중요한 장기 여러 개를 이식해야 했대. 그린 2호의 희생이 꼭 필요했단다."

나는 눈물을 흘리며 덜덜 떨었다. 비리앙 바부는 나를 품에 끌어안고 속삭였다.

"걱정하지 마라. 너에겐 아무 일도 없을 거야. 내가 있잖니. 널 도와줄게."

비리앙 바부의 말에 마음이 조금 편해졌다. 하지만 궁금한 건 남아 있었다.

"그런데 어떻게 이런 일이 벌어지는 거예요? 복제인간을 만드는 건 금지됐다고 하셨잖아요!"

"그렇지, 하지만 돈이 아주 많고 힘이 센 사람들이 온갖 수단을 동원해 불법을 피하면서 벨상떼 구역을 유지하고 있단다."

나는 비리앙 바부의 품에서 황급히 빠져나왔다. 어마어마하게 뜨거운 뭔가가 목구멍으로 치솟았기 때문이다.

"그런데 바부는 그 사람들과는 생각이 다른 것 같은데…….
절대 용서 못 할 끔찍한 일이라고 생각하는 것 같은데……. 왜 구역에서 일하고 있죠? 바깥세상에서 중요하다는 그 돈 때문인가요? 그리고 왜 이런 얘길 저한테 전부 들려준 거예요? 그냥 조용히 입 다물고 다른 바부들이 하는 얘기나 해 주는 편이 나았을 거라고요! 내가 진실을 아는 게 무슨 소용 있겠어요? 나를 반쯤 돌게 만들려고 이래요? 앞으로는 날 내버려 둬요!"

나는 도망치듯 정신없이 뛰기 시작했다.

비리앙 바부 이야기

나는 비리앙 바부가 몹시도 원망스러웠다. 내게 진실을 들려준 건 좋았지만, 그 진실을 받아들이는 데는 많은 시간이 걸렸다. 처음에는 화가 치밀다가 점점 안정을 찾아갔다. 사실을 있는 그대로 아는 편이 낫다고 생각하니 기분이 한결 나아졌다. 그리고 내 운명도 바꿀 수 있을 거라 생각했다. 원본이 장기를 교체할 때까지 구역 안에서 마냥 기다리면서 나이를 먹을 수는 없다는 생각이 들었다.

아직 비리앙 바부에게 확인해야 할 것이 하나 남아 있었다. 비리앙 바부는 왜 다른 바부들과 다른지. 비리앙 바부는 진실을 알고 나서 내가 보였던 반응을 서운해하지도 않고 아주 잘 이해해 줬다. 단둘이 얘기할 만한 기회가 좀처럼 오지 않아, 시간이 조금 지나고 나서야 이야기를 마저 나눌 수 있었다. 어느 날 내가 감기에 걸려 신체 훈련 시간에 빠지게 되었고, 드디어 비리앙 바부를 찾아갈 수 있었다.

"비리앙 바부, 아직 설명 안 해 주신 게 하나 있어요. 비리앙 바부는 왜 다른 바부들과 달리 제게 각별히 신경 써 주고, 구역에 관한 진실도 들려주고, 바깥세상 얘기도 해 줬어요? 왜 그랬죠?"

비리앙 바부는 머뭇거렸다.

"뭐, 어차피 네겐 이미 너무 많은 얘기를 해 주었으니. 이 얘기를 하더라도 괜찮겠지. 맞아, 나는 구역에 있는 다른 직원들과 다르단다. 복제인간을 끔찍하게 이용하는 짓을 멈추게 하려는 사람들이 모인 단체에서 날 여기로 보낸 거거든. 구역을 조사하는 일을 맡았어. 이곳뿐 아니라 유로랜드 전역에 있는 비슷한 구역들을 없앨 수 있도록 말이야. 전에도 말했지만, 안타깝게도 복제인간들을 길러내는 구역이 있다는 걸 알고 있는 사람들이 많지 않단다. 구역에 돈을 대는 후원자들을 빼고는 말이지. 후원자들은 힘이 아주 세고, 또 다른 힘 센 사람들을 같은 편으로 만들어 뒀어. 심지어 정부에도 같은 편이 있거든.

우리가 진실을 밝히려고 할 때마다 그 사람들이 가로막으면서, 우리를 미친 사람이나 거짓말쟁이처럼 취급했단다. 증거를 찾아내기가 아주 어려워서, 구역은 계속 비밀을 지킬 수 있는 거지. 사실 구역 안으로 몰래 들어가는 건 거의 불가능해."

"진실을 폭로한 직원은 없었나요?"

"없었어. 바깥세상에서 일하러 오는 사람들은 구역 책임자, 보좌관, 생체전자공학자, 의사, 또 배달부 몇 사람뿐인데, 다들 비밀을 지키는 대가로 큰돈을 받지. 그 밖에 구역에서 일하는 다른 직원들은 전부 복제인간이란다. 바부와 무나도 마찬가지고. 어떤 사람들은 구역에서 일을 시키려고 추가로 복제한 인간들이고, 어떤 사람들은 원본이 이미 사망한 복제인간들이야. 그 사람들은 너처럼 바깥세상에 대해 알지도 못하고, 자신들이 복제인간이라는 것도 몰라. 거기다가 유전자 조작을 거치면서 이성에 대한 관심이나 성적인 충동도 제거되었지. 구역 안에서 복제인간끼리 서로 끌리는 상대를 만나 아이를 낳는 일을 막기 위해서야."

"그런데요 바부, 바부는 바깥세상에서 왔고, 어머니도 있었잖아요. 여기서 일하는 바부들은 다 복제인간이라고 했는데, 그러면 비리앙 바부는 어떻게 여기 일하러 올 수 있었죠?"

"어 그래, 왜냐면…… 나도 그렇거든, 나도 복제인간이야."

"바부가요?"

"자 보렴, 여기 목 아래 바이오칩 보이지? 너랑 똑같은 거야. 복제인간을 구별해 주는 표시야. 복제인간의 유전자 조직을 돌이킬 수 없을 정도로 망가뜨리지 않는 한 누구도 없앨 수 없는 칩이지. 나도 복제인간이란다. 너처럼. 다만 나는 운이 좋았어. 운이 좋다고 말하는 게 적절한지는 모르겠다. 내 원본이 세 살 때 사고로 갑자기 사망했거든. 내 어머니, 정확히 말하자면 내 원본의 어머니는 남편을 먼저 잃었어. 그래서 가족을 또 잃을까 염려가 많았지. 어머니는 아이가 태어났을 때부터 복제인간을 만들려고 준비를 해 뒀어. 그때도 인간 복제는 법으로 금지되어 있었지만, 불법으로 복제인간을 만드는 구역들이 막 생겨나던 때였지. 그래서 나는 원본이 태어나고 1년도 채 지나지 않아 초창기 구역에서 태어났지. 그리고 원래 아들이 죽자, 어머니는 그 아들을 '대체'하려고 나를 구역에서 바깥세상으로 데려갔어."

"그런데요 바부, 이런 사실을 알고 계셨어요?"

"아니, 전혀. 원본 대신 바깥세상에 나왔을 때 나는 겨우 두 살이었거든. 그 뒤로 자라는 동안 어머니는 아무 말도 하지 않았어. 그러다 작년에 돌아가시기 직전에 모든 것을 털어놓으셨지. 너도 상상이 갈 테지만, 내가 복제인간이라는 사실을 알고 정말 엄청난 충격을 받았단다. 그때 구역에서 나와 같은 복제인간을 불법으로 만들어 낸다는 걸 알았지. 나는 구역에 맞서 싸우겠다고 결심했어. 인간 복제 반대 단체인 GACH는 나를 두 팔 벌려 맞이해 줬어. 마침 비밀 구역 안으로 들어올 수 있는 사람은 나뿐이었거든. 내가 복제인간이기 때문이지. GACH는 오랫동안 벨상떼 구역을 눈여겨보고 있었어. 최근에 문을 닫은 구역에서 일했던 바부가 벨상떼 구역으로 옮겨 일을 할 거라는 사실을 우리 정보원들이 입수했고, GACH는 그 사람 대신 나를 여기로 들여보내는 데 성공했지. 그렇게 해서 비리앙 바부라는 이름을 달고 여기 오게 된 거야. 그 뒤로는 구역이 어떻게 이뤄져 있는지, 보안 시스템은 어떤지를 조사하고 있어. 조만간 조사를 마칠 수 있으면 좋겠어. 바깥세상으로 나가 내 약혼자 니나를 얼른 만나고 싶거든. 하지만 일이 빠르게 진척되지는 않고 있어. 구역 안에서는 내가 마음대로 쓸 수 있는 시간은 아주 적고, 자유롭게 움직이긴 어려우니까. 그동안 내 자유 시간에도 블루 4호 널 신경 쓰느라 임무를 다 하지 못하기도 했지. 너한테 사실을 얘기해 주면서 내가 얼마

나 위험해졌는지를 GACH 책임자들이 알았다면 화를 냈을 거야. 절대로 얘기해선 안 되는 거였는데…….'

"근데 왜 그러셨어요?"

"모르겠어. 너는 다른 복제인간 아이들하고는 달랐어. 얼빠진 채로 행복하게 지내는 아이들과는 줄곧 다른 분위기를 풍겼으니까. 무언가를 간절히 찾고 있는 것 같았거든. 너를 돕고 싶었어. 네가 정말로 바깥세상의 사람들처럼 살 수 있게 도와주고 싶었지."

바부는 입을 닫았다. 나는 재빨리 바부의 손을 잡고 꽉 쥐었다. 다른 블루 아이들이 벌써 훈련을 마치고 돌아오고 있었다. 질문 하나만 겨우 할 수 있었다.

"그런데요, 진짜 이름은 비리앙 바부가 아니에요?"

"응. 나는 앙드레란다. 내 어머니의 아버지 이름에서 따왔어."

도주

새로 알게 된 것들을 모두 이해하려면 시간이 좀 더 필요했다. 비리앙 바부, 아니, 앙드레는 내가 되물어도 몇 번이고 참을성 있게 대답해 주고, 때로는 보충 설명도 곁들였다. 앙드레가 알려 준 새로운 방식으로 세상을 바라보는 법을 서서히 익혀갔다. 구역은 이제 낙원이 아니라 감옥처럼 느껴졌다. 튼튼하고 해맑고 건강한 친구들이 노는 모습을 바라보아도 예전과는 느낌이 달랐다. 친구들의 모습은 언제고 조각날 교체용 장기를 몸 한개에 모아 둔 것에 지나지 않았고, 자기 운명은 하나도 모른 채 사형 집행일만 늦춰지는 사형수 같기도 했다. 내가 깨달은 사실을 아이들에게 설명해 주고 싶었던 것만도 여러 번이었지만, 그럴 용기가 없었다. 거기다 아이들이 나를 믿어 주지 않을 거란 게, 아니 애초에 내 말에 귀를 기울이지 않을 거란 게 불 보듯 빤했다.

사실 내 마음은 이미 아이들 사이에 있지 않고, 구역과 지금 이 순간을 벗어나 있었다. 바깥세상과 미래만 떠올렸다. 얼른 그곳으로 내달리고 싶었다. 그렇지만 앙드레는 나를 달래며 참아보라고 했다. 몇 달 후 조사가 끝나면, 앙드레가 GACH 책임자들에게 연락을 할 테고 그러면 구역이 처벌을 받아 톡톡히 본보기가 될 거라면서. 구역이 사라지고, 나도 바깥세상으로 나갈 수 있을 거라고 말이다.

지금 앙드레가 수집하고 있는 증거들을 들이대면, 불법 복제인간 문제가 낱낱이 밝혀질 것이고, 정치인들도 복제인간 문제 해결에 나설 수밖에 없을 거라고 했다.

몇 주가 흘러갔고, 여름도 끝에 이르렀다.

일어나기에는 한참 이른 어느 새벽, 앙드레의 목소리가 잠에 빠져 있던 나를 갑자기 끄집어냈다.

"블루 4호야, 일어나! 쉿!"

다른 블루 아이들은 가만히 자고 있었다. 나는 황급히 침대에서 몸을 일으켰다.

'왜 이렇게 느닷없는 시간에 앙드레가 온 거지? 왜 이렇게 허둥지둥하는 거지?'

"소리 내면 안 돼! 얼른 일어나!"

앙드레가 속삭였다.

앙드레의 낌새를 보아하니 무언가 큰 일이 벌어진 것 같았다. 나는 빠르게 외출복을 입고 앙드레를 따라 방 밖으로 나갔다.

"아니 앙드레, 무슨 일이에요?"

앙드레는 대답 없이 나를 복도 끄트머리로 데려가서는 세탁물을 보관하는 방으로 밀어 넣었다.

그제야 앙드레는 내게 말했다.

"잘 들어, 시간이 얼마 없어. 넌 구역을 떠나야 돼, 당장! 어제 저녁, 바부 회의에서 들은 건데, 오늘 너를 다른 센터로 보내야 한댔어. 이게 무슨 뜻인지 알지?"

"내 원본에게 장기를 주려고 나를 죽이려 한다, 그 말이에요?"

"정확히는 모르겠어. 아직 네 서류를 못 봤거든. 그치만 너한테서 장기를 빼내려 한다는 건 거의 확실해. 그게 생명에 지장이 있는 장기가 아닐 수도 있지만, 위험을 떠안을 수는 없어.

떠나야 해!"

그 말을 듣자마자 나는 공포에 휩싸였다.

"그치만 어떻게? 어디로 가요? 앙드레!"

"할 수 있어. 내가 네 달 동안 보안 시스템을 조사했잖아. 그리고 빠져나가기 가장 쉬운 방법도 떠올랐어. 내일까지 기다려도 된다면 식품 배달 차량을 타고 떠날 수 있을 거야. 그치만 내일까지 기다릴 여유는 없지. 오늘 당장 쓰레기차를 타고 도망쳐야 돼."

"쓰레기랑 같이요?"

나는 질겁하며 소리쳤다.

"썩 달갑진 않겠지만, 그 편이 가장 빠져나가기 쉬울 거야. 걱정 마. 플라스틱 분리수거함에 넣어 줄게. 유리병이나 음식물 쓰레기 수거함 말고."

"그런데 앙드레는 나랑 같이 못 가는 거예요? 밖으로 나가고 나면 난 어떻게 해요? 어디로 가요?"

"침착하렴. 나는 같이 갈 수 없어. 여기서 조사를 끝내야 하니까. 대신 내 친구에게 연락해서 널 돕게 할 거야. 너에 관해 설명도 해 두었고, 네 사진도 보내 놓았어. 친구의 이름은 샘이고, 재활용 관리청에서 일하는 컴퓨터공학자란다. 쓰레기차가 가는 공장의 전산 시스템에다 샘이 오류를 슬쩍 일으킬 거야. 오류 때문에 소란이 벌어지는 틈을 이용해 쓰레기차에서 빠져나올 수 있겠지. 여기 쪽지에 샘의 주소를 적어 뒀어. 공장에서 별로 멀지 않은 가용 도심에 있는 주거단지에 살고 있어. 그 친구가 도와줄 테니까, 겁먹지 마라. 쓰레기 처리 공장과 가용을 이어 주는 터보튜브를 타면 돼. 터보튜브는 승객과 화물을 실어 나르는 열차야. 기억해 둬라, 터보튜브라고 했어. 그걸 타려면 기계에다가 탑승 카드를……."

"하지만 전 그 카드가 없어요."

"그래, 나도 알지. 여기 탑승 카드를 하나 줄게. 충전된 금액이 많지는 않지만, 가용까지는 갈 수 있고, 먹을 걸 조금 살 수도 있을 거야. 안타깝게도 은행 기기에서 카드를 충전할 수는 없어. 개인 보안 카드라서 지문을 인식해야만 충전할 수 있거든. 아무튼 곧장 샘 집으로 가는 게 제일 좋아. 너는 터보튜브를 타고 팔레 데 자르 역에서 내리면 돼. 그러고 나서 내가 샘 주소를 적어 둔 종이를 꺼내서 길에 다니는 사람 아무한테나 길을 물어보렴. 역에서 금방이야. 길에서 시간을 오래 끌면 안 된다. 네 원본도 가용에 사는 것 같거든. 눈에 띄지 않는 편이 좋기도 하니까……. 알겠니? 이해됐어?"

정신이 하나도 없었다. 전혀 알아들을 수 없었다. 앙드레가 다시 설명을 해 줄 때는 내용을 잘 이해하려고 애썼다. 정신이 조금 맑아져서 생각이 하나 떠올랐다.

"앙드레, 그 인간 복제 반대 단체 있잖아요. GACH는 저를 도와주지 않을까요?"

"나도 물론 그 생각을 해봤지. 솔직히 얘기하자면, 제일 먼저 단체에 연락하기도 했어. 그렇지만 단체에서는 네가 도망가는 걸 반대했단다. 너를 돕다가 내 정체를 들키면 위험하다고 생각한 거지. 아무것도 하지 말라고 권고했단다."

"그치만 어쨌든 이렇게 도와주고 있잖아요!"

"나는 네 친구니까. 안 그러니?"

앙드레가 나를 팔로 꼭 끌어안았다. 나는 울음을 아주 간신히 참았다.

"가라, 블루 4호야. 서둘러야 해. 얼마 안 있으면 쓰레기차가 도착할 거야."

내가 꼭 들러붙는 것을 느끼고는 앙드레가 이렇게 덧붙였다.

"걱정하지 마, 다 잘될 거야. 내가 조사를 마치는 대로 너를 만나러 친구 집으로 갈게. 몇 주만 있으면 될 거야. 그 뒤로는 너랑 절대 떨어지지 않을게, 믿어도 돼. 이제 가자, 어서!"

우리는 안마당으로 내려왔다. 구역 안은 여전히 평온했고, 깨어 있는 사람은 하나도 없었다. 이제 막 날이 밝아왔다. 안마당에 늘어선 나무들은 희끄무레한 하늘과 달리 짙은 푸른 색이라 도드라져 보였고, 놀이터에 돋아난 풀은 부드러워 보였다. 놀이터에서 조금 떨어진 골짜기 아래로 시냇물이 흘러가는 소리가 들렸다. 앙드레가 들려줬던 도시 모습을 상상하면서 이 풍경을 바라보자, 불현듯 구역에 남고 싶은 마음이 들었다. 그렇지만 머무르면 안 된다. 쓰레기차를 타고 도망가지 않는다면, 초고속선이 나를 태우고 어딘가로 데려가겠지. 그 뒷일은 상상하지 않는 게 낫다.

나는 앙드레를 따라 쓰레기장까지 갔다. 플라스틱 수거함 안으로 들어가 꽉꽉 눌러 둔 플라스틱 더미에 올라가도록 앙드레가 도와줬다. 나는 할 수 있는 한 납작하게 몸을 펼쳤다. 앙드레는 플라스틱 한 조각으로 나를 덮었다. 수거함은 딱 내가 들어갈 만한 크기였다. 앙드레는 내가 공기를 들이마실 수 있도록 수거함 뚜껑 뒤쪽 끄트머리를 깨부숴 구멍을 냈다.

"자, 이젠 떠나보내야겠구나. 쓰레기차에서 수거함을 내리는 게 느껴지면, 뚜껑을 살짝 들어서 몰래 빠져나오렴. 샘이 공장 전산 시스템에 오류를 일으킬 테니, 혼란을 틈 타 도망칠 수 있을 거야. 그런 공장은 감시가 별로 심하지 않거든. 혹시 일꾼들 눈에 띄면 가출했는데 다시 가용에 있는 집으로 돌아가고 싶어졌다고 하렴. 일꾼들한테 샘 주소를 보여 주면, 분명 도와줄 거야. 바깥세상 사람들은 적이 아니니까. 걱정할 필요 없어. 여기서 나갈 수만 있다면 목숨은 구한 거야. 행운을 빌게, 블루 4호야. 난 오늘 밤 샘한테 연락해서 일이 잘 풀렸는지 확인해 볼게. 곧 또 보자."

나는 떨리는 목소리로 대답했다. 플라스틱과 수거함 뚜껑 때문에 숨이 턱 막혔다.

"곧 만나요."

작별 인사를 나눈 지 몇 초 지나지 않아 앙드레를 다시 불렀다.

"앙드레!"

하지만 앙드레는 이미 떠난 뒤였다.

구역은 안녕, 세상아 반가워!

솔직히 플라스틱 수거함 안에서 마음을 푹 놓지는 못했다. 불편한 상태로 있는 것쯤은 괜찮았지만 앞으로 맞닥뜨릴 미지의 세계가 두려웠다. 몇 달 내리 앙드레가 얘기해 주는 것들을 들으면서 바깥세상을 꿈꿔 왔지만, 현실은 분명 내가 상상했던 것과는 아주 다를 것이다.

엔진 소리가 들려오자 당장에 벌어질 수 있는 위험한 상황이 떠올랐다.

'쓰레기차 직원이 내가 들어 있는 수거함 뚜껑을 열면 어떡하지? 플라스틱 아래 숨어 있는 나를 찾아내면 어떡하지?'

쓰레기차 문이 열리고 발걸음 소리가 가까워졌다. 첫 번째

수거함이 작은 소리를 내며 자석 지게차 위로 들려 올라갔다. 이제 조금 있으면 내가 들려 올라갈 차례였다. 자석 집게가 나를 쓰레기차 안으로 올렸다.

수거함을 싣는 작업이 끝나자 쓰레기차 뒷문이 닫혔다. 차는 나지막이 부르릉거리며 길을 나섰다. 바로 옆 수거함에서 음식물 쓰레기의 들척지근한 냄새가 새어나와 구역질이 났다. 한술 더 떠 차도 흔들렸다. 쓰레기차는 그렇게 잠시 굴러가다가 멈췄다. 구역 정문에서 멈춰 선 것이었다. 그렇다면 내가 지내던 청년 생활관 건물과 놀이터에서는 벌써 꽤나 멀어졌다는 뜻이다. 행진을 할 때면 멀리서 항상 정문을 보았는데, 바로 그 정문을 넘어서고 있었다. 쓰레기차가 다시 출발했다. 이번에는 덜컹거리지도 흔들리지도 않았다. 바깥세상의 길로 나온 거다. 드디어 밖이다!

신이 나서 떨렸다. 앙드레가 내게 준 작은 가방을 더듬어 보며 마음을 가라앉혔다. 그 안에는 터보튜브에 탈 수 있는 돈이 충전된 탑승 카드가 들어 있었고, 앙드레의 친구 샘의 주소가 적힌 종이, 알약 모양 기능성 식품이 몇 개 있었다. 음식물 쓰레기에서 역겨운 냄새가 나는데도 배가 고파왔다. 곧 있으면 구역에서는 기상 시간이 될 거다. 부엌에서는 내 최근 영양 상태 검사 결과에 맞춘 식사를 준비해 뒀겠지. 오늘은 그 식사를 먹을 사람이 없겠지만. 이제 블루 방에 블루 4호는 없다. 내가 사라졌다는 걸 모두가 알면 얼마나 난리가 날까! 그 모습을 상상해 보니, 앙드레가 얼마나 어마어마한 위험을 떠안고 나를 도와줬는지가 새삼 실감이 났다. 혹시라도 앙드레가 날 도와줬다는 걸 구역에서 알게 되면, 앙드레한테 어떤 짓을 할까? 일단 겉으로 보기에는 앙드레와 나의 관계를 눈치 챈 사람은 없는 것 같았다. 그 사실에 조금은 안심이 되었다. 그렇더라도 만에 하나 사람들이 앙드레를 의심한다면……. 다행히 앙드레는 영리한 데다 행동도 빠르다. 조금 전 나를 밖으로 내보내던 앙드레의 모습만으로도 충분히 알 수 있었다. 오늘 저녁에 앙드레가 샘에게 연락하면, 앙드레의 안부를 확인할 수 있을 테고, 앙드레 역시 내 걱정을 덜 수 있을 것이다.

쓰레기차가 속도를 늦추며 멈춰 섰다가 다시 천천히 출발했다. 쓰레기를 처리하는 공장에 들어선 모양이다. 나는 나갈 준비를 해야 했다. 엔진이 부릉거리는 소리가 멎고 사람 목소리, 외치는 소리가 들렸지만, 그다지 또렷하진 않아서 알아들을 수는 없었다. 마침내 쓰레기차 문이 열렸다.

우렁찬 목소리가 들려왔다.

"그래도 전부 내려야 할 거 아냐! 오류가 있든지 간에. 그래, 어디다 놔둘까?"

"좀 기다려, 인마! 지금 시스템이 전부 막혔잖아. 쓰레기차가 벌써 48대나 기다리고 있다고. 어쩌면 저 멀리 렁스 센터까지 가야 할 수도 있어."

아까와 다른 목소리가 더 크게 들렸다.

"아 정말, 안 되는데! 렁스까지 갈 만한 연료는 없단 말이야. 내일이나 돼야 꽉 채울 수 있다고."

"알았어, 그럼 좀 기다리자고. 수거함은 차에다 두고, 연료 채울 수 있는지 팀장이랑 같이 보고 올게."

"그래, 뭐 나는 기다리면서 커피나 한 잔 해야겠다. 어후! 이 게 대체 무슨 일이야, 전산 처리 하나 제대로 못 하다니, 뺀질 거리는 것들하고는. 내가 이 공장만 오는 줄 아나……."

쓰레기차 문은 열린 채로 구시렁거리는 목소리가 멀어졌다.

'지금 빠져나가야 한다. 안 그러면 저 사람이 말한 렁스라는 곳, 아마도 먼 곳으로 가 버릴 수도 있으니까.'

수거함의 뚜껑을 들어올렸다. 커다란 문이 나 있는 회색 벽 앞으로 파랑, 초록, 주황, 갈색 수거함이 쌓여 있는 게 보였다. 사람들 몇몇이 마이크로컴퓨터가 달린 헬멧을 머리에 쓴 채,

중앙 본부와 연락을 취하며 왔다 갔다 했다. 저쪽 편을 보니 커다란 쓰레기차가 열린 정문 앞에 서 있었다. 쓰레기차 운전수는 성이 나서 소리를 지르며 경비원과 얘기를 하고 있었다.

나는 재빨리 판단해서 움직였다. 나는 수거함 밖으로 빠져나가 땅바닥으로 뛰어내렸다. 눈 앞에 쌓여 있던 빈 상자를 붙들고 조금이나마 몸을 가렸다. 정문까지 최대한 빨리 달려갔다. 여전히 정문 앞에 서 있는 쓰레기차 옆쪽으로 몸을 숨기며 찻길 끝까지 가서 공장 바깥으로 나갔다. 고개를 숙인 채 아주 빠르게 몇 분을 걷다가, 천천히 상자를 내려놓고서 주변을 둘러봤다.

거대한 쓰레기차들이 도로에 늘어서 있었다. 그 위로 꽉 막힌 도로가 보였고, 그 도로 위로는 초고속선이 고요히 달리고 있었다. 도로 양 옆에 큼지막한 건물들이 아주 촘촘하게 솟아 있었고, 어마어마하게 큰 멀티 에너지 발전기가 건물을 뒤덮고 있었다. 벨상떼 구역의 큰 건물에 달린 것보다도 훨씬 컸다. 모든 건물에는 차가 끊임없이 들락거렸다. 앙드레 설명대로 여기는 도심부를 둘러싸고 생산과 교역이 벌어지는 지역 같아 보였다.

이렇게 복잡한 동네 어디에 터보튜브 입구가 있는 걸까? 인도에는 사람이 거의 없었다. 바퀴 달린 발로 지나다니는 사람이나 바퀴 달린 의자에 앉아서 가는 사람만 몇 있었다. 나를 앞서 가는 사람들에게 말을 걸려면 난 뛰어야만 했다. 무작정 보이는 대로 걸어왔는데 아마 터보튜브 입구와는 반대 방향이었나 보다. 길을 따라 좀 더 가다 보니, 케이블이 그득한 구덩이 주위로 일하고 있는 일꾼들이 보였다. 용기를 그러모아 다가갔다.

"저기요, 터보튜브를 타려는데, 어디에 있나요?"

일꾼 셋이 고개를 들고 나를 쳐다봤다. 그 사람들이 뭔가를 눈치챌까 봐서 갑자기 너무 겁이 났다. 하긴 내가 복제인간인 줄 누가 알까? 그 사람들에게 난 그저 다른 아이들과 다를 바 없는 남자애로 보일 텐데. 제일 나이가 많은 듯한 사람이 무뚝뚝하게 대답했다.

"지하도가 나올 때까지 계속 가렴. 지하도로 들어가면 터보튜브가 있을 거다."

억양이 센 걸 보니, 동유로랜드 사람인 게 분명했다. 뚜렷한 금발만 봐도 동유로랜드 사람다웠다. 고맙다는 인사를 하고 다시 걸었다. 잘은 몰라도 맞는 방향으로 온 것 같다. 운명이 나에게 좋은 쪽으로 굴러가는 신호처럼 여겨졌다. 지하도가 보여 안으로 들어가서, 터보튜브 입구를 찾았다. 입구 위로는 빛나는 'T'가 두 개 있었는데, 하나는 파란색이고 다른 하나는 노란색이었다. 아침나절이라 사람은 별로 없었다. 나는 사람들이 개찰구 앞에서 카드를 내는 모습을 관찰하고는 똑같이 따라했다. 지하로 이어지는 경사로를 내려가서, '가용' 방면 안내문을 따라 플랫폼으로 갔다.

터보튜브를 기다리던 몇몇 사람들은 대부분 컴퓨터 일체형 영상 안경에 정신이 팔려 있었다. 영상 안경 뒤로 맨눈을 감춘 채, 읽고, 일하고, 영상을 보고 있었다. 아무도 내게 신경을 쓰지 않았다. 길게 쉭쉭거리는 소리를 내며 터보튜브가 도착하자 기다리던 승객들의 컴퓨터 일체형 영상 안경이 몇 초 정도 멈췄다. 터보튜브 안으로 들어가 자리에 앉았다. 안내판을 보며 내가 내려야 할 팔레 데 자르 역까지 몇 정거장 남았는지 세어 보았다. 열두 정거장이니까, 시간이 꽤 걸리겠지.

나는 허리띠에 차고 있는 가방을 살짝 열어 알약으로 된 기능성 식품 두 개를 꺼냈다. 아침을 걸렀더니 뱃속이 난리였다! 손으로 탑승 카드와 샘의 주소가 적힌 종이를 더듬더듬 찾아보았다. 모두 제자리에 있었다. 안심을 하고는 다시 가방을 닫았다. 이때 다시 가방을 열어 주소를 읽어 봤더라면 좋았으련

만. 벨상떼 구역을 벗어나 터보튜브에 타기까지 몇 시간 동안
의 피로가 훅 몰려와 갑자기 진이 빠졌다. 멍한 기분에 휩싸였
다. 정거장을 몇 개 지나쳤는지를 세기 위해서라도 졸음을 쫓
아내려 애써야 했다.

가용에서 길을 잃다

팔레 데 자르 역까지는 세 정거장이 남아 있었다. 어느 역에 가까워지자 터보튜브가 속도를 늦췄다. 내 옆에 앉아 있던 남자가 일어섰다. 남자는 영상 안경을 코에 걸친 채 나를 밀치고 지나가더니만, 문이 닫히기 직전에 아슬아슬하게 내렸다. 나는 잠을 좀 깨려고 얼굴을 비비고는 자세를 고쳐 앉았다. 그러다가 가방이 없어졌다는 걸 알았다! 가방은 사라지고, 허리띠만 말끔하게 잘린 채 느슨하게 매달려 있었다. 누가 가방을 훔쳐간 거다. 아마도 방금 전 내린 남자 같았다. 잠시 머리가 멍해졌다가 얼마나 무시무시한 상황이 벌어졌는지를 깨달았다.

충전 금액이 약간 남아 있는 탑승 카드나 기능성 식품인 알약을 잃은 것쯤은 별일 아니지만, 주소는, 샘의 주소는…….아까 주소를 잠깐 꺼내 보기만 했었어도, 그래야겠다고 생각하기만 했었어도! 이제 어떻게 해야 샘을 찾을 수 있지? 나는 샘의 성조차 몰랐다. 어디로 가야 하나? 앙드레가 여기 있다면 좋을 텐데!'

정신이 쏙 나가서 하마터면 팔레 데 자르 역을 지나칠 뻔했다. 허겁지겁 내려서는 무작정 '출구' 표시를 따라갔다. 밖으로 나가자 나무를 심어 둔 드넓은 곳이 나왔다. 아마도 여기가 광장이라고 부르는 곳인 듯했다. 주위에 수많은 대중교통 수단과 개인용 탑승선 몇 대가 돌아다녔다. 공기가 썩 나쁘진 않았다. 앙드레의 설명대로 유로랜드에서는 2020년에 벌어졌던 전염병 같은 게 다시 일어나지 않도록, 대기 오염을 아주 단단히 막고 있는 모양이다. 그런데도 숨을 쉬기가 어렵다는 기분이 들었다. 광장 주변에 늘어선 건물들이 위압적으로 높아서인지 아니면 내 불안 때문인지 알 수 없었다. 나는 나무 그늘이 드리운 벤치에 앉았다. 얼추 점심 먹을 시간이 되었는지 날씨는 더웠고, 끔찍하리만치 배가 고팠다. 상황을 찬찬히 정리해 보려고 했지만, 머릿속에서는 생각이 두서없이 뒤섞였다. 해결책이 하나도 떠오르질 않았고, 또 어쩌면 실제로도 해결책이 전혀 없을지도 몰랐다.

'샘은 어떻게 찾지? 앙드레한테는 어떻게 연락하지?'

이런 고민거리가 차차 지워지더니 다른 고민거리, 훨씬 더 긴급한 고민거리가 자리를 잡았다.

'먹을 건 어디서 찾지?'

구역에서는 단 한 번도 배고파서 괴로웠던 적이 없었다. 매일매일 정확히 필요한 만큼의 영양소를 필요한 순간에 몸에 공급했다. 나무 그늘 아래서 점심 휴식 시간과 여름 끝물의 아름다운 햇살을 즐기며 식사를 하러 나온 사람들이 광장을 가득 메운 와중에 내 위장은 정말이지 고통스러웠다.

조그만 아주머니가 내가 앉은 벤치 옆자리에 앉아서 점심 도시락을 감싼 포장지를 정성스럽게 벗겨 냈다. 블루 2호를 닮은 아주머니였다. 이런 외모와 작은 체구의 사람들은 아시아랜드 출신이고, 조 바부와 비슷한 외모를 가진 사람들은 아프리카랜드 출신이라고 앙드레가 알려 줬다. 아주머니의 무릎 위에 놓인 그릇에는 밥, 채소, 그리고 향긋한 소스가 담겨 있었다. 아주머니가 입을 벌리는 모습을 뚫어져라 바라보지 않도록 꾹 참아야만 했다. 아주머니는 젓가락을 정확하게 놀리면서 그릇을 비웠다. 그러고는 봉지를 열어 곡물 비스킷 두 개를 꺼냈다. 나는 애써 눈길을 돌렸다. 마침내 키 작은 아주머니가 자리에서 일어나 치마에 떨어진 부스러기를 털고는 벤치에서 멀어져 갔다. 나는 아주머니가 빈 포장용기를 쓰레기통에 넣고 나무들 너머로 사라지는 모습까지 모두 곁눈질로 지켜봤다.

그러고는 내가 무슨 짓을 하는지 미처 깨달을 새도 없이 쓰레기통으로 달려들어 구겨진 종이봉투와 둥글게 뭉쳐진 포장지들을 헤집었다. 끝내 온갖 포장지 틈에서 남은 빵 조각 몇 개, 반쯤 베어 먹은 사과 한 개, 봉지 바닥에 조금 남은 시리얼, 비타민 음료 한 병을 찾아냈다.

주변을 지나던 사람들은 역겨워하거나, 불쌍히 여기거나, 민망해하는 시선을 내게 던졌지만, 그런 데는 조금도 신경을 쓸 만한 경황이 없었다. 찾아낸 음식을 종이봉투 하나에 집어넣고 다시 자리로 돌아가 먹어 치웠다. 드디어 배를 채울 수 있어서 너무나 행복했다. 일단 어느 정도 포만감을 느끼니까 벤치에 드러누워서 햇살을 향해 발을 뻗을 여유도 생겼다. 더는 아무 생각도 하고 싶지 않았다.

서늘한 기운을 느껴 눈을 떴을 때는 이미 몇 시간이 흘러 있었다. 아마 깜빡 잠이 든 모양이다. 해가 건물에 거의 다 가려 있었다. 이제 어떻게 해야 할지 서둘러서 방법을 찾아야 했다. 정신을 집중하려 애썼다. 내가 알고 있는 건 앙드레의 친구 이름이 샘이고, 샘은 재활용 관리청에서 일하는 컴퓨터공학자고, 이 지역에 산다는 거다. 샘은 내가 구역을 나와 자신을 찾아갈 거라는 것은 물론 어떻게 생겼는지도 알고 있다. 앙드레가 내 사진을 전해 주면서 미리 일러두었으니 말이다.

재활용 관리청 정문으로 가서 샘이 나를 알아보기를 바라는 것만이 유일한 기회를 노리는 방법이다. 아니면 관리청 안으로 들어가 성 없이 이름만으로 샘을 찾아볼 수도 있을 거다. 그럴 만한 용기가 있다면 말이다. 아무튼 가장 먼저 샘이 일하는 곳을 찾아야 했다. 그럴듯한 계획을 세웠다는 사실에 조금 힘이 솟았지만, 금세 다시 기운이 쭉 빠졌다. 주소는 또 누구한테 물어보지? 길 가는 사람을 멈춰 세워서 "저기요, 죄송하지만 재활용 관리청은 어디에 있나요?"라고 물어볼 수가 있을까?

그때 내가 앉은 벤치 앞에 남자애들 네 명이 다가와 떡하니 버티고 서는 바람에 깜짝 놀랐다. 제일 어린 아이는 아홉 살쯤 되어 보였고, 나머지 세 명은 나처럼 열세 살 정도로 보였다.

"안녕, 너 여기서 뭐 해?"

내 또래의 마른 아이가 약간 화가 난 말투로 물었다.

나는 짐짓 친절한 말투로 대답했다.

"아무것도 안 해. 그냥 좀 쉬고 있었어."

"아 그래, 그럼 다른 데서 쉬는 게 좋겠는데. 이쪽은 우리 구역이고, 쓰레기통도 우리 거야. 점심에 우리가 손 안 댄 쓰레기통에서 남은 음식 꺼내는 거 봤는데, 그거 기분 나쁘더라. 완전."

나는 온 힘을 다해 제일 상냥한 미소를 지었다.

"몰랐어, 미안해. 가용에는 이제 막 온 참이라서."

"어 그래, 너처럼 얼빠진 디젤 녀석은 여기 오래 못 있을걸."

남자애들이 다 같이 웃음을 터뜨렸다. 그중 한 아이가 덧붙여 말했다.

"아무튼 너 여기서 내빼는 게 나을걸. 공관한테 끌려가고 싶은 게 아니라면 말이야."

무슨 소리를 하는 건지 하나도 알아들을 수가 없었다. 너무 멍청하게 보이지 않으려고 신경을 쓰면서 물어봤다.

"공관이 뭐야?"

아이들은 껄껄대며 웃었고, 이윽고 가장 어려 보이는 애가 소리를 질렀다.

"공관이 뭔지 몰라? 아니 너 어디서 굴러온 애야? 공관, 그 뭐냐, 공화국 질서 관리인들 말이야! 밤 9시 넘어서도 네가 여기 혼자서 어슬렁거리는 걸 그 사람들이 보면, 태우고 가서, 확 그냥……. 교육 센터로 보낸다고!"

"야, 가자, 텔레포트하자, 우리도 가야지."

내 또래의 마른 애가 말했다. 그리고 날 보며 덧붙였다.

"그리고 너, 내일 또 보는 일 없는 거다, 입력됐지?"

아이들은 시끄럽게 떠들면서 멀어졌다. 나는 벤치에서 일어섰다. 이 낯선 동네에서 유일하게 친숙한 곳이자, 조금이나마 안심이 된다고 느꼈던 곳이라 떠나기 아쉬웠다. 그렇지만 공관들한테 잡힐지도 모르니 여기 더 있을 수는 없었다. 이 광장과 지나온 길을 기억하려고 애쓰면서 광장을 떠났다. 차량이 그득하고 사무실 건물이 늘어선 큰길에서 벗어나자고 마음을 먹었다. 큰길가에는 몸을 쉴 만한 곳이 하나도 없었다.

한참을 걸으면서 좁은 골목으로 예닐곱 번 꺾어 들어가자 완전히 길을 잃어버려서 팔레 데 자르 광장으로 다시 돌아갈 수도 없었다. 여기는 아까만큼 예쁘지 않았고 건물도 훨씬 더 낮았고 길에는 가로수도 없었다. 그 와중에 쉴 만한 곳은 전혀 보이지 않았다. 오랫동안 걸은 데다 저녁 식사 시간이 다 되어 다시금 배가 고파지니 힘들었다. 조금 더 걸어가니까 길가에 작은 정원이 딸린 집들이 보였다. 발걸음을 늦췄다. 몇몇 집의 창문 너머로 부드러운 불빛에 감싸인 채 이리저리 움직이는 사람들이 보였다.

'저게 혹시 집이라는 곳, 가정이라는 것일까?'

완전히 진이 빠질 즈음, 조그만 골목 모퉁이에서 마침내 쉴 만한 곳을 발견했다. 녹슨 철제 울타리가 둘러쳐진 땅 한가운데에 작은 건물이 서 있었다. 낡은 저택 같았다. 오랫동안 버려진 게 분명해 보이는 건물에는 멀티 에너지 센서조차 설치되어 있지 않았다. '총 6가구에 난방 및 통합 식량 공급 시스템 공사 예정'이라는 안내문이 반쯤 지워진 채로 울타리에 매달려 있었다. 오늘 밤을 보내기에는 제격이다.

나는 너무 지쳐서 배고프다는 사실도 까먹을 정도였다. 몸을 피할 만한 곳을 찾아서 드러누워 자고 싶다는 생각밖에 안 들었다. 그런데 울타리 높이가 2미터는 족히 돼 보였고, 출입구도 전혀 없어서 뛰어넘어야만 했다. 다행히 나는 몸이 날렵했다. 툭 튀어나온 쇠말뚝을 발판 삼아 벽 꼭대기로 기어 올라가니 울타리 안쪽으로 넘어갈 수 있었다. 팔다리 넷으로 풀숲에 착지하자, 쿵 하는 소리가 살짝 울렸다. 이상한 소리가 들려서 고개를 들었다. 몇 발자국 떨어진 곳에 나처럼 네 발을 딛고 선 동물이 어둠에 반쯤 모습을 감추고 있었다. 털도 있고 흉악하게 생긴 녀석은 나를 사납게 노려보며 으르렁댔다. 귀도 뾰족하고 이빨도 뾰족했다. "월! 월!" 하고 짖는 소리는 안 냈다.

'이게 혹시 말로만 듣던 개인가?'

차마 옴짝달싹할 수가 없었다. 그 순간 어디선가 부르는 소리가 났다.

"벅! 벅! 아니 왜 그래, 뭐 하는 거야? 이리 와, 덩치만 큰 바보야!"

그 소리에 동물은 내게서 고개를 돌렸다. 그렇게 겨우 한숨 돌리는데……. 어둠 속에서 사람 형체가 튀어나왔다.

초대

나는 간신히 고개를 들었다. 앞에 있는 아이는 내 또래쯤 되어 보였고, 조 바부처럼 피부색이 어두웠다. 그러니 아마도 아프리카랜드 출신일 터였다. 그런데 남자아이일까, 여자아이일까? 분간할 수가 없었다. 아주 짧게 자른 곱슬머리와 똑 떨어지는 어깨선을 보면 남자애가 아닐까 싶다가도 커다란 눈을 보면 여자아이 같았다. 아무튼 그 아이는 털이 난 동물의 발을 붙든 채, 언짢은 기색으로 나를 물끄러미 바라봤다. 무슨 말이라도 해야 할 것만 같아서 어렵게 입을 열었다.

"안녕, 이렇게 들어와서 미안해. 난…… 난 여기 아무도 없는 줄 알았거든. 그냥…… 어…… 좀 쉴 곳을 찾느라 그랬어."

"너 혼자야?"

아이는 미심쩍은 말투로 대꾸했다.

계속 볼수록 여자아이라는 인상을 강하게 받았다.

"어, 응, 혼자야."

'내가 얼마나 혼자인지를 네가 알아준다면 좋으련만' 하고 덧붙이고 싶었지만, 당연히 그런 말은 하지 않았다. 아이는 마음이 조금은 누그러지는 눈치였다. 그 애는 동물을 달랜 다음 나를 유심히 뜯어보고 나서야 안심을 한 것 같았다. 그러니 이렇게 말한 거다.

"좋아, 날 따라와."

건물에 가까이 다가가 보니 1층에 난 출구는 모조리 막힌 터라 1층 베란다에 받쳐 놓은 사다리 쪽으로 갔다. 물론 모르는 사람을 따라가기 전에는 일단 조심해야 하는 게 맞지만, 나는 너무 피곤한 나머지 누구의 손에든 날 내맡기고 싶었다. 게다가 이 아이는 꽤나 영리해 보이기도 하니까. 나는 아이를 따라 사다리를 타고 올라갔고, 털 난 동물은 내 뒤를 따라 올라왔다. 베란다 지붕까지 올라가고 나니, 지붕에 맞닿은 2층 창문을 통해 안으로 들어갈 수 있었다. 그렇게 들어간 곳은 어둑어둑하고 텅 빈 방이었다. 거기서 다시 옆방으로 넘어갔다. 아

이는 희한한 것으로 빛을 밝혔다. 작은 불꽃 아래에 하얀 막대
기가 있었고, 그 막대기가 깜짝 놀랄 정도로 예쁘게 어둠을
밝혔다. 흔들리는 불빛 속에서 바라보자니 방 안이 더욱 기묘
했다. 한 번도 본 적 없을 뿐 아니라 틀림없이 아주 오래되었
을 물건들이 잔뜩 있었다. 아이는 식탁 위에 걸터앉았고, 내게
는 안락의자에 앉으라고 권했다. 안락의자는 말도 못 할 정도
로 불편했다. 구역에서 쓰던 의자나 터보튜브 좌석처럼 내 몸
에 잘 맞지는 않았지만, 앉을 수 있다는 것만으로 무척 기뻤
다. 그러고는 그 애를 바라보다 내 소개를 할 때라는 생각이
들었다. 내 나름대로 가장 예의 바른 목소리를 내며 말했다.

"나는 남자고, 열세 살이야. 이름은 블루 4호야."

여자아이는 깜짝 놀란 표정으로 나를 보더니 숨이 넘어가도
록 한바탕 웃고는 나를 따라 자기를 소개했다.

"나는 여자고, 열한 살이야. 이름은 알라야야."

이 말을 듣고 몇 가지를 확정 지을 수 있었다. 첫째로, 내 예
상대로 여자아이가 맞다. 이제 확실해졌다. 둘째로, 열한 살에
다 여자아이치고는 무지하게 강인하다. 셋째로, 알라야는 아
주 예쁜 이름이다. 내 생각에는 그렇다. 하지만 알라야는 내
이름이 썩 마음에 들지 않은 모양이었다. 불쑥 이런 말을 꺼냈

으니까.

"'블루 사호'라니, 별난 이름이네. 들어본 적이 없어. 어디서
왔어?"

아, 이 질문에 답하려면 제법 길고 비밀스런 이야기를 꺼내
야 하니 위험했다.

'이 희한한 여자애한테 내 이야기를 밝힐 수가 있을까? 내
말을 믿기는 할까?'

왠지 알라야에게 모든 걸 털어놓게 될 거라는 느낌이 강하
게 왔다. 이 아이가 믿음직하게 느껴졌다.

"미리 얘기하자면, 길고 희한한 이야기를 듣게 될 거야. 너한
테는 얘기를 들려주고 싶은데, 근데…… 음…… 지금은 너무
피곤하고, 또…… 배가 너무 고파."

알라야가 목소리를 높였다.

"배고파? 기다려 봐, 우선 허기부터 해결해야지. 나도 저녁
내내 안 먹었어."

알라야는 찬장에서 먹을거리를 꺼내 탁자에 올려놓았다. 몇
분 만에 채소며 두부를 비롯한 여러 식재료들을 작게 깍둑썰
기 했다. 기름과 향신료를 둘러 완성한 음식을 금세 내 코앞에
내놓았다. 내 바이오칩 계산에 따른 정확한 1인분은 아닐 테

지만, 나는 접시에 달려들어 전부 먹어 치웠다. 음식 맛도 좋았다.

알라야가 물었다.

"좀 괜찮아졌어? 자, 이제 한번 네 얘기를 들어 볼까?"

나는 숨을 들이켜고 나서 내가 복제인간이며 구역에서 지내다 앙드레의 도움으로 탈출하다 겪은 일까지 전부 말했다. 최대한 명확하게 얘기하려 했다. 알라야는 내 말을 주의 깊게 들으며 이따금씩 질문을 던졌다. 내 이야기가 사실인지는 조금도 의심하지 않았다. 사람들이 왜 복제인간을 만들고 길러 내는지를 밝힐 때에도 알라야는 묵묵히 들었다. 웬만해선 쉽게 동요하지 않는 아이 같았다.

알라야가 마침내 말문을 열었다.

"야, 그러네, 구역에 머무는 게 그렇게 좋은 일만도 아니네. 잘 도망쳤어. 구역에 있는 동안 목숨이 위험하진 않더라도 너네 구역이라는 데는 진짜 소름끼친다. 봐 봐, 여기가 훨씬 나아. 벅이랑 내가 도와줄게. 그치, 벅?"

내내 구석에서 졸고 있던 털 난 동물이 자기 이름을 듣고는 뾰족한 귀를 들어 쫑긋 세우고 알라야에게 총총 다가왔다.

"이거…… 이건 개야?"

내가 어물거리며 물었다.

"뭔 소리야, '이건 개야?'라니. 그럼 얘가 뭐였으면 좋겠어? 코뿔소라도 됐음 좋겠어? 마지막 코뿔소는 여섯 달 전에 싱가포르 동물원에서 죽었어. 너 완전 디젤처럼 구식이구나! 두말할 것 없이 얘는 누가 봐도 개지. 품종을 따져 보자면 저먼 셰퍼드랑 허스키를 교배한 거야. 『콜 오브 와일드』에 나오는 주인공 이름을 따서 벅이라고 지었어."

무슨 말인지 거의 다 이해할 수가 없었다. 코뿔소라고? 털난 동물이 개 말고도 또 있는 모양이었다. 『콜 오브 와일드』는 또 뭐야? 게다가 오늘만도 벌써 두 번이나 디젤 같다는 말을 들었는데 대체 무슨 뜻인지 모르겠다. 궁금한 건 많이 떠오르는데 눈은 자꾸 감기려고 했다. 가장 신경 쓰이는 것 딱 하나만이라도 물어보자 싶었다.

"디젤? 그게 무슨 소리야?"

"어, 디젤은, 2000년대 초반에 석유를 넣어서 굴러가던 차 종류인데, 느리고 환경오염도 많이 시켰어. 그래서 누구한테 디젤이라고 부르는 건 무슨 뜻이냐면, 멍청하고 떨떨하고 미련하고 바보 같고 굼뜨고……."

나는 알라야가 말하는 도중에 끊었다.

"아, 그렇구나. 알겠어. 있지, 나한테 설명해 줘야 할 게 엄청 많을 거야. 아마 오늘뿐 아니라 앞으로도 계속 나를 디젤이라고 부르게 될 거야."

"그래, 뭐 그건 내일 더 얘기해 보자. 나 이제 무지하게 졸려서 말이야. 너도 얼굴을 보니 그런 거 같고."

맞는 말이었다. 진이 다 빠져 있었다. 블루 방에서 평온하게 잠을 자던 게 24시간도 채 지나지 않았다니 믿기 어려웠다. 이른 새벽 블루 방에서 일어나 어두운 밤 이 낡은 안락의자에 앉기까지 얼마나 많은 일들이 벌어졌던가! 지금껏 살아온 그 어느 날보다도 더 많은 일이 일어난 하루였다.

알라야가 말했다.

"혹시 괜찮다면, 오늘은 침대를 같이 쓰자. 내일은 보관해 둔 물 매트리스를 꺼내줄 테니까. 그럼 잘 자, 사야! 사라고 불러도 돼? 블루 사호라는 이름은 너무 길기도 하고, 딱 봐도 좀 별로잖아!"

내가 침대에 쓰러지며 웅얼거렸다.

"그래, 그래, 사, 물론 좋지."

순식간에 잠에 빠졌다.

알라야와 벅

눈을 떠 보니 한낮이었고 방 안에는 나 혼자였다. 탁자에는 비스킷 몇 개와 사과 하나, 그리고 메모가 놓여 있었다.

'안녕, 사! 나는 먹을 것 좀 받아 올게. 벅은 마당에 있어. 사람들 눈에 띄지 않게 조심하고. 이따가 봐. 알라야가.'

나는 탁자에 놓인 음식을 야금야금 먹으면서 집안을 둘러봤다. 가구 몇 개는 전부 나무로 만들어진 것이었는데, 아주 오래된 스타일 같았다. 벽 전체를 덮은 꽃무늬 벽지에는 흠집이 나 있었다. 처음 보는 스타일이지만 아주 예뻐 보였다. 바닥도 나무로 되어 있었다. 같은 층에 있는 다른 방도 둘러보았다. 하나는 우리가 창문을 통해 들어왔던 방인데 비어 있었다. 창문에 기대 밖을 내다보니 풀밭에서 낮잠을 자고 있는 개가 눈에 들어왔다.

나머지 방 하나는 작은 화장실 같았다. 양치질하는 데 썼던 것으로 짐작되는 파이프에서는 물이 나오지 않았고 대신 물이 가득 찬 양동이가 놓여 있었다. 양동이가 너무 낡아서 찝찝했지만 어쩔 수 없이 그냥 거기 담긴 물을 사용하기로 했다. 이 물이라도 없으면 몸을 닦을 도리가 없으니 말이다. 벽에는 거울이 하나 걸려 있었다. 내 모습이 어떤지 궁금해서 거울 앞으로 다가갔다. 구역에서는 화장실에 거울이 몇 개 있었지만, 거울 속 모습을 찬찬히 들여다볼 만한 겨를은 없었다.

왠지 모르게 나를 관찰해 보고 싶었다. 거울에 비친 남자아이는 금발 머리에 구릿빛 피부, 초록색 눈, 조금 큰 입, 똑바로 뻗은 코를 가지고 있었다. 한 마디로 마음에 드는 얼굴이었다. 거울 속 나에게 미소를 지었다. 불현듯 표정이 얼어붙었다.

'내가 보고 있는 모습은 사실 원본을 거울처럼 그대로 비춘 모습에 그치지 않나?'

황급히 거울 앞에서 돌아서며, 1층을 둘러보러 계단으로 향했다. 씁쓸한 생각을 떨쳐 내고 싶어서.

방은 모두 텅텅 비어 있었다. 출입문이 막혀 있는 탓에 어둠에 잠겨 있었고, 곰팡이 냄새도 풍겼다. 도무지 머물고 싶지 않은 곳이었다. 이번엔 2층 방 안의 물건을 더 자세히 살펴봐야겠다는 생각으로 다시 올라갔다. 벽장을 보니 비스킷과 그릇 몇 개, 옷가지, 그리고 인쇄된 종이가 있었다. 물론 구역에서도 종종 인쇄된 문서로 교육을 받곤 했지만, 벽장에 있던 인쇄물 같은 건 본 적이 없다. 알라야의 인쇄물은 아주 두껍고, 글씨가 빽빽하게 씌어 있는 데다 표지에는 아주 예쁜 그림이 그려져 있었다. 주로 어린이나 동물이 등장했다.『콜 오브 와일드』라는 제목이 눈에 띄었다. 제목 아래에는 알라야네 개를 꼭 닮은 개 그림이 있었다. 어제 나를 그렇게 놀래킨 개와 같은 동물 얘기가 담긴 인쇄물인 걸까? 인쇄물을 읽어 나가기 시작했다. 알라야의 말대로 이야기 속 개 이름도 벅이었다. 그런데 벅이 1897년에 살았다고 쓰여 있었다. 지금으로부터 한 150년 전 일이었다. 내가 알기로 개들은 그렇게 오래 살지 않으니 마당에 있는 벅의 이야기는 아닌 게 분명했다. 그러면 알라야는 왜 이 인쇄물을 가지고 있는 거지? 다른 인쇄물은 또 무엇에 쓰려고? 무엇을 배우기 위한 인쇄물들일까? 궁금한 마음에 인쇄물을 마저 읽다 보니, 주인한테서 도망쳐 나왔다가 갇히고 얻어맞은 가엾은 벅 이야기에 푹 빠졌다. 읽는 데 온 기운을 쏟아 붓느라 알라야가 돌아오는 소리도 못 들었다. 알라야 목소리가 들려 흠칫 놀랐다.

"아, 그거 맘에 들어? 재밌지 않아?"

"안녕. 응, 재밌는 것 같아. 그런데 이 인쇄물로 뭘 배우려는 거야? 왜 인쇄해 놨어?"

알라야는 나를 쳐다보며 한숨을 쉬었다.

"이건 책이라는 거야. 우리 엄마가 준 거야. 뭘 배우려고 읽는 게 아니라, 그냥 책에 담긴 이야기를 읽는 거야. 여기 잭 런던이라는 이름 보이지? 이 사람이 이야기를 지어내 쓴 사람이야."

"아 그래, 그럼 이 얘기는 사실이 아니야? 이 사람은 이야기를 왜 만들어 낸 거야?"

"왜냐고?"

알라야는 처음으로 무어라고 답해야 좋을지 모르겠다는 표정을 지었다. 그러다 갑자기 얼굴이 환해지더니 활짝 웃으면서 큰 소리로 말했다.

"그거야 뭐, 언제든 너와 나 같은 독자들이 이걸 읽으면서 상상을 할 수가 있잖아! 봐 봐, 이걸 읽으면 꼭 네가 150년 전 아메리카랜드 북쪽, 숲과 눈으로 온통 둘러싸인 곳에서 사는 것 같잖아. 여기 2047년 가용의 다 무너져 가는 집에 사는 게 아니라! 이렇게 시간과 공간을 뛰어넘는 여행도 하고 또 다른 사람의 삶 속에 들어가 볼 수가 있잖아. 알겠지? 시뮬레이션 장치처럼 말이야. 그 장치 없이도 상상의 세계로 떠날 수 있다는 점만 다르지."

시뮬레이션 장치가 뭔지는 몰라도, 이해가 가기는 했다. 알라야가 제일 좋아하는 책에 대해서 얘기했다. 그 책은 줄곧 동물 이야기를 들려준다고 했다.

알라야는 털이 난 동물이라면 사족을 못 쓰고, 그중에서도 개와 말을 특히 좋아했다. 알라야가 좋아하는 책 이야기보다 알라야 자신의 이야기를 듣고 싶었다. 그래서 나는 알라야에 대해서 알고 싶다고 말했다.

알라야는 처음에는 자기 얘기를 썩 들려주고 싶어 하지 않았다. 하지만 나는 알라야에게 아무것도 감추는 게 없으니, 알라야도 내게 마음을 터놓아야 한다고 콕 집어 말했다. 그러자 알라야도 마음을 열고 이야기를 꺼냈다.

"한참 전 그러니까 우리 할머니의 어린 시절로 거슬러 올라가야 해. 우리 할머니는 내 나이쯤에 아프리카랜드에서 여기로 넘어오셨어. 아마 1980년 정도였을 거야. 할머니네는 아프리카랜드의 전통을 따르는 집안이었어. 그래서 아프리카랜드 전통대로 가족이 정한 남자와 할머니를 결혼시켰지만 할머니는 그 남자를 좋아하지 않았어. 할머니는 딸을 낳으셨고, 그 딸이 우리 엄마야. 얼마 후 할머니는 우리 엄마를 데리고 남편한테서 도망쳤고, 학교에서 청소일을 구했어. 우리 할머니는 영리하신 분이었어. 학교에서 일하다 보니 우리 엄마가 공부를 해서 선생님이 되면 좋겠다는 생각이 들었지. 우리 엄마 역시 선생님이 되고 싶었던 모양이야. 왜냐면 진짜로 열심히 공부해서 선생님이 되었거든. 선생님이 된 엄마는 같은 아프리카랜드 출신의 선생님을 만났지. 두 사람이 결혼해서 내가 태어났어. 안타깝게도 부모님하고 함께 보낸 시간은 길지 않아. 내가 세 살 때 두 분 다 세상을 떠났거든."

"병에 걸리셨던 거야?"

"아니, 교통사고가 났어, 아프리카랜드에 가서 휴가를 보내다가. 그때 나는 여기 할머니 댁에 남아 있었어. 있잖아. 아프리카랜드는 유로랜드만큼 발전된 곳이 아니야. 충돌 방지 레이더도 없는 낡은 자동차들이 대부분이다 보니 사고 위험이 높

아. 우리 부모님은 운이 나빴지. 나도 마찬가지고."

"너 엄청 마음 아팠겠다!"

"아, 그런 걸 알기에는 너무 어렸던 것 같아. 또 나는 할머니를 엄청 좋아했거든. 둘이 서로 마음도 잘 맞고, 할머니가 나를 많이 예뻐하셨어."

"그리고 개도 같이 지냈던 거잖아, 그치?"

"아냐, 벅은 내가 아홉 살이 됐을 때 할머니가 선물로 주셨어. 할머니는 개를 그렇게 좋아하지는 않았지만, 내가 개를 무척 좋아하고, 한 마리 기르고 싶어 하는 걸 알고 있었거든."

"근데 왜 지금은 할머니랑 같이 살지 않아?"

알라야가 불현듯 얼굴을 찌푸렸다.

"돌아가셨어. 세 달 전에. 저녁 식탁에 앉아 같이 식사를 하는데 할머니가 갑자기 쓰러졌어. 할머니의 심장 기능이 약해져서 멈춰 버린 것 같다고 의사 선생님이 얘기했어. 부모님을 잃었을 때와는 너무 다른 상황이었어. 할머니가 사라지면 난 이 세상에 혼자 남을 테고, 따뜻한 사랑과 보살핌도 받을 수 없다는 걸 알았으니까 너무 슬펐지."

알라야는 말을 잇지 못했다. 나는 알라야에게 질문을 던져서 이야기를 마저 들으려 했다.

"그 뒤에 혼자서 여기에 와서 살았던 거니?"

"아니, 곧바로 오지는 않았어. 할머니가 돌아가시고 난 직후에는 마르틴 할머니 댁에 갔었어. 마르틴 할머니는 우리 할머니가 학교에서 청소를 하다가 만난 친구야. 나뿐만 아니라 벅까지 잘 보살펴 주려고 할 만큼 다정했어. 아주 작은 아파트에서 살고 있었는데도 말이야. 그랬는데……."

"그 분도 돌아가셨어?"

바깥세상에서는 죽음이 매우 흔한 일이라고 느낀 터라 내가 끼어들었다.

"아니, 그건 아니야. 아동 감독관이 찾아왔어. 마르틴 할머니는 나이도 너무 많고, 나를 책임질 수 있을 만큼 돈이 많은 것도 아닌 데다 내 가족도 아니라며 내가 가족이 없는 아이들이 지내는 보호소로 가야 한다고 했어. 음, 내키지는 않았지만 어쩌면 보호소로 가는 편이 낫다는 생각도 했어. 마르틴 할머니와 함께 지내는 게 늘 즐겁지만은 않았거든. 할머니가 아무리 잘해 줘도 말이야. 벅을 데려갈 수 없다는 소리를 듣지 않았더라면 보호소로 갔을지도 모르지. 아동 감독관은 벅에게 자연 보호 지역에 사는 새 가족을 찾아주겠다고 얘기했지만, 그건 거짓말이라는 걸 난 다 알고 있었어. 버려진 동물들한테 하는

것처럼 벽을 처리하려고 G광선을 쏘고 말 테니까. 아동 감독
관은 나를 보호소에 데려가기 전에 일주일 여유를 줬어. 정리
할 것들은 전부 다 정리하라고 말이야."

"그럼 너는 그 사람들이 다시 오기 전에 도망치기로 작정했
던 거니? 내가 도망쳤던 것처럼?"

"응. 정말로 절박했어. 벽과 함께 지내려면 같이 도망치는
방법밖에는 없었거든. 생각해 봐, 나는 이미 부모님도 잃었고,
그 후에 할머니도 잃었는데, 벽마저 잃는다는 건 상상도 할
수 없을 만큼 괴로운 일이잖아. 마르틴 할머니는 내 생각을
꺾을 수 없다고 여기고는 이 버려진 집을 알려 주셨어. 나이
든 할머니가 이 집에서 살 때 마르틴 할머니가 청소부로 일했
었거든. 공사 예정 안내문만 붙어 있을 뿐 공사가 시작된 적
이 없다는 것도 자연스레 알고 계셨지. 정원 뒤쪽으로 난 조
그만 문 열쇠를 할머니가 갖고 있으니 숨어 들기에 좋은 곳이
라고 생각했어."

나는 탄성을 질렀다.

"아 그랬구나! 그러면 왔다 갔다 할 때마다 울타리를 타고
넘지 않는 거야?"

놀라워하는 나를 보며 알라야가 마저 말을 이어갔다.

"그렇지. 인적이 드문 작은 골목 쪽 문으로 지나다니는 거야. 지금까지는 아무한테도 눈에 띈 적이 없어. 공관들이 나를 그렇게 열심히 찾아다니지는 않았다고 봐야지. 거기다 내가 남자애처럼 머리카락을 잘라 버려서 나를 그때 그 여자애로 알아보기는 몹시 어려울 거야. 무엇보다도 나를 찾으려고 안달이 난 가족이 있는 것도 아니니, 아무래도 나를 찾는 일에 열을 올리지는 않겠지. 그치, 벅?"

알라야는 벅을 자기 쪽으로 끌어당기고는 자기 뺨을 회색 털에다 갖다 댔다.

나는 작게 읊조렸다.

"나랑 비슷하구나, 나도 나를 찾아다닐 만한 가족은 없으니까……. 내 원본의 부모님은 나를 붙잡고 싶어 하겠지만 말이야. 그치만……."

알라야가 뒷말을 대신하며 나에게 관심을 돌렸다.

"그치만 그런 일은 안 일어났으면 좋겠다. 불쌍한 사 같으니! 아 그래, 혹시 뭐 좀 먹을래?"

그제야 나는 알라야가 들어오면서 내려놓았던 커다란 장바구니를 바라봤다.

"근데 음식은 어떻게 구하는 거야?"

"일주일에 한 번, 마르틴 할머니랑 약속을 잡아. 매번 다른 장소에서. 할머니가 며칠 정도 먹을 음식을 가져다주셔. 그리고 내가 식당가에 가서 남은 음식도 조금 챙겨오지. 버려지는 음식이 정말 많아. 나처럼 그런 음식을 수거하러 오는 '손님'들이 적지 않다는 점은 아쉽긴 하지만. 다른 사람들이 음식물을 챙기려 할 때는 벅이 많이 도와줘. 벅이 살짝 으르렁대기만 해도 사람들이 겁을 먹고 물러서거든. 그럼 나는 차분히 음식을 골라 담을 수 있어."

"아, 충분히 상상이 되고도 남는다!"

"이제 여름이 지났으니 어떻게 될지 모르겠어. 학교로 돌아가서 친구들도 다시 만나고 수업도 듣고 싶어. 계속 혼자서만 지내는 건 좀 지겹거든. 그래도 네가 여기 온 것만으로도 조금은 나아졌어. 네가 딱히 엄청 도움을 주는 게 아니어도 말이야. 얼마 안 있으면 날씨가 추워질 테니까, 이런 낡은 집에서 난방도 없이 버틸 수는 없을 거야. 마르틴 할머니는 곧 해결책을 찾을 수 있을 거라고 하지만 할머니가 할 수 있는 일은 없단 걸 난 잘 알고 있어. 아동 감독관에게 연락해서 나를 데려가라고 하는 것 말고는 말이지. 그건 정말 안 돼. 앞으로는 어떻게 될지 모르겠어."

알라야는 한숨을 내뱉으며 벅을 품에 끌어안았다. 알라야 때문에 마음이 아팠다. 어제 여러 가지 일을 겪으면서 느꼈던 불안감과는 확연히 달랐다. 배가 조여 오는 듯한 강력한 느낌은 처음이었다. 그렇게 나는 친구에게 느끼는 감정이 다양하다는 걸 깨달았다. 알라야를 향한 마음과 앙드레를 향한 마음이 달랐으니까. 앙드레와는 유독 서로를 알아보았다는 느낌을 받았다. 알라야에게는 힘이 되어 주고 싶은 마음이 들었다. 혼란스러워하는 알라야를 도와주고 싶었다. 이 역시 친구 사이에 느끼는 감정이겠지.

나는 기운을 내서 알라야에게 말했다.

"봐 봐, 지금 우린 둘이잖아. 너무 어려서 우리끼리 해결할 수 있는 일은 거의 없지만 샘을 찾는 일은 할 수 있을 거야. 샘이 앙드레에게 연락하면 앙드레가 우리를 도와줄 거야. 앙드레는 나를 돌봐 주겠다고 약속했으니까. 앙드레가 나와 함께 있는 너도 돌봐 줄 거야. 너도 나중에 만나 보면 알겠지만, 정말 좋은 사람이거든. 자, 시무룩해하지 마. 전부 잘 풀릴 거야."

알라야에게 한 말처럼 확신이 선 건 아니었지만 내뱉고 나니 조금은 기운이 났다. 알라야가 나를 바라봤다. 벅도 털 난 얼굴을 내 쪽으로 돌렸다. 둘 다 똑같이 날 믿는다는 눈빛을 보내왔다. 그 눈빛을 보니 갑자기 내 책임이 막중하다는 생각이 확 들었다.

샘을 찾아서

이튿날 우리는 샘을 찾아 나섰다. 재활용 관리청 주소를 알아내는 건 생각보다 어려운 일이 아니었다. 사거리면 어디든 주소와 찾아가는 길을 알려 주는 방향 표지판이 있다고 알라야가 알려 줬다.

길을 나서 첫 번째로 도착한 사거리에 정말로 표지판이 보였다. 표지판 기계에 대고 알라야가 이것저것 말하자 재활용 관리청의 정보가 적힌 인쇄물이 나왔다. 알라야는 그걸 받아 들고는 우렁차게 읽어 내려갔다.

"됐다, 126번지, 제라르 드파르디유 거리, 시티튜브 A3을 타거나 도보 30분. 콩 벙디 대로를 따라 직진하다가, 비유 떼아트르 거리에서 좌회전, 그래, 어딘지 알겠다. 쉽네. 걸어갈까? 넌 어때?"

걸어간다니 정말 좋았다. 터보튜브에서 가방을 도둑맞았던 일이 떠올라서 시티튜브도 딱히 타고 싶지 않았다. 그리고 걸어가면서 도시를 구경하는 게 더 좋았다. 주위를 둘러보며 알라야에게 질문을 한가득 쏟아 놓았다. 쓰레기 분리수거함, 지하로 나 있는 시티튜브 입구, 오래된 가게들과 번갈아 가며 늘어서 있는 사이버 상점 등등. 알라야는 내가 모르는 걸 설명해 주느라 진을 뺐다.

사람들이 입고 있는 옷들이 다 다르다는 게 가장 놀라웠다. 구역에서는 모두 같은 제복을 입었고, 어느 방인지에 따라 색깔만 달랐다. 가용에서는 훨씬 다양한 옷차림을 볼 수 있었다. 1년쯤 전부터 자동으로 입혀지는 옷이 유행이라서, 몸을 각자 다른 형태로 감싸는 커다랗고 부드러운 천을 걸치고 다니는 사람들이 많다고 알라야가 말했다. 대다수는 스케이트나 바퀴 달린 의자 전용 도로로 다녔다. 우리처럼 인도 위를 걸어 다니는 사람들은 많지 않았다. 또 아주 나이 많은 사람들을 빼고는 거의 모두 영상 안경이 달린 모자를 쓰고 있었다.

이윽고 'DRD'라는 커다란 글씨가 쓰인 큰 건물 앞에 도착했다. 간판 아래 표지판에는 이렇게 적혀 있었다.

'재활용 관리청 - '신규 건축 표준'에 따라 전체를 재활용 자재로
지은 이 건물은 2034년 9월 17일 환경부 장관, 니몽 엘리옷이 개
관했습니다.'

알라야가 말했다.
"그래, 여기가 재활용 관리청이구나. 이제 어떻게 하지?"
나는 자신감 있는 모습을 보여 주려고 애썼다.
"내가 가서 물어볼게. 넌 여기 있어."
"근데 뭐라고 말할 건데?"
"샘에게 서류를 전해 주러 왔는데, 그 사람 성을 까먹었다고
할 거야."
"그렇게 말하면 통할 거 같아?"
"어쩌면. 가능성은 낮지만."
알라야는 입구에 있는 화상 전화 사용법을 알려 줬다. 입구
에서 안내받은 대로 따라가자 춥지도 덥지도 않은 적절한 온
도에 기분 좋은 향이 감도는 커다란 홀이 나왔다. '안내'라고
적힌 커다란 데스크 뒤편에 빨간 머리 여자가 앉아 있었다. 이

글거리듯 빨간 머리카락을 뾰족하게 틀어 올린 모습에 나는 기가 눌려 머뭇머뭇 다가갔다. 마침내 여자가 파랗고 차디찬 눈길을 내게 던졌다.

빨간 머리 여자는 립스틱을 바른 입술로 소름끼치는 미소를 지으며 말을 건넸다.

"무슨 일이니?"

나는 덜덜 떨렸지만, 말을 더듬지 않으려고 안간힘을 썼다.

"저기요, 저는 여기서 일하는 분을 찾고 있어요. 컴퓨터공학 자세요."

"이름은?"

피처럼 빨간 입술이 말했다.

"그게, 뭐가 문제냐면, 그분 성을 까먹었거든요. 하지만 이름 은 알아요, 샘이에요."

"샘? 어떤 일로 찾는 거니?"

빨간 머리 여자는 더 이상 웃지 않았다.

"어, 그게…… 서류를 전해 주려고요."

"누구 부탁이지?"

"누구냐면…… 어…… 앙드레 씨예요."

나는 그 자리에서 말을 지어냈다.

"그래, 어디 보자, 그 앙드레라는 사람한테 다시 가서, 네가 찾는 사람 이름을 완벽하게 알려 달라고 해야겠구나. 그러고 나서 이리로 오면 서류를 전해 줄 수 있을 거야. 나중에 다시 오렴."

마지막으로 한 번만 더 시도해 보고 싶었다. 더 물러설 곳도 없으니 말이다.

"그렇지만 안내 컴퓨터로 찾아보면, 여기에 샘이라는 컴퓨터 공학자가 있는지 알려 줄 수 있잖아요. 또……."

빨간 머리 여자는 냉정하게 내 말을 끊었다.

"그야, 안 봐도 여러 명 있겠지. 샘은 흔히 쓰는 이름이니까."

나는 계속 물고 늘어졌다.

"그런데요, 제가 그분을 찾는 걸 도와줄 수는 없는 건가요?"

빨간 머리 여자는 톡 쏘듯이 응수했다.

"아니. 직원 정보를 함부로 알려 줄 수는 없거든. 안 돼."

빨간 머리 여자는 카운터 밑으로 자기 핸드폰을 확인하며 대놓고 나를 외면했다.

나는 고개를 푹 떨군 채 재활용 관리청 문을 나섰다.

"아무것도 못 건졌구나, 그치?"

의기소침한 나를 보고는 알라야가 말했다.

"응, 안내 데스크에 있는 여자는 날 도와줄 생각이 없었어. 다른 방법을 찾아야겠어. 여기 문 앞에 서서, 직원들이 전부 퇴근할 때까지 기다리면 어떨까? 앙드레가 내 사진을 샘에게 보냈으니까, 어쩌면 나를 알아볼 수도 있어."

"그렇게 한 번 해 볼 수는 있지. 하지만 퇴근 시간까지는 한 참 남았는걸. 기다릴 동안 '비유 떼아트르' 극장 갈래?"

"그게 뭐야?"

"센소트로닉이 나오기 전에 만들어진 영화를 보여 주는 곳이야."

"어떻게? 컴퓨터로 보는 영상 같은 거야?"

"응, 평면 화면에 소리가 나오는 게 전부야. 센소트로닉은 본 적 있니? 그거랑 비슷하지만 영상이 2차원이고 청각과 시각 외에 다른 감각은 느껴지지 않는 거야."

난 센소트로닉은 물론 영화도 한 번도 본 적이 없었다. 알라야는 내게 영화가 무엇인지를 열심히 설명했지만 다 알아듣지는 못했다. 어쨌든 영화도 책과 비슷하게 이야기를 들려준다는 것만은 이해했다.

"그러면 벽 이야기도 볼 수 있는 거야?"

내가 물었다.

"아, 그건 아냐. '비유 떼아트르' 극장에서는 보고 싶은 영화를 고를 수 없어. 개인 스크린 같이 자유자재로 보고 싶은 걸 다운로드할 수 있는 건 아니라서. 그냥 그날 극장에서 틀어 주는 걸 보는 거야."

"그럼 오늘 영화는 뭐야?"

"모르겠어, 가 봐야 알아."

극장 앞에 이르자, 알라야가 기뻐하며 탄성을 질렀다.

"잘됐다! 〈늑대와 함께 춤을〉, 나 이 영화 좋아해. 벌써 두 번이나 봤어. 얼른 들어가자. 금방 시작할 거야! 표 사러 가자."

"돈 내야 해?"

"아, 거의 안 낸다고 보면 돼. 여기로 영화를 보러 오는 사람은 별로 없어. 옛날 영화에 대한 추억을 보관하기도 하고, 나이 든 사람들이 즐길 수도 있게 극장을 그대로 열어 둔 거야. 대부분의 사람들은 개인 스크린에다 센소트로닉을 내려받아서 자기가 원하는 걸, 원하는 시간에, 원하는 곳에서 보는 걸 더 좋아하거든. 근데 나는 할머니랑 같이 자주 왔었어. 할머니는 여길 엄청 좋아하셨어. 어릴 때가 떠오른다고 그러셨거든."

극장 안으로 들어가니, 정말로 여든 살에서 백 살 사이로 보이는 사람들이 유독 많았다. 우리가 앉자마자 어두워지면서 영화가 시작했다. 내용을 전부 다 이해할 수는 없었지만, 꽤나 마음에 들었다. 영화를 보면서 웃고, 겁을 내고, 눈물을 흘렸다. 영화가 펼쳐지는 동안은 나 자신에게서 벗어난 것 같은 느낌이었다. 내게 닥친 문제들도, 구역도, 샘도 완전히 잊어버렸다. 다시 불이 켜졌을 땐 넋이 쏙 빠져 있었다.

"자, 디젤 씨, 좀 움직여 보시지. 재활용 관리청으로 돌아가야 한다고."

알라야가 내게 핀잔을 주었다.

나는 알라야에게 이끌리는 대로 길을 따라갔다. 아직도 머릿속은 조금 전 본 영상으로 가득 차 있었다. 바깥세상에는 재밌는 일이 많았다.

알라야가 재활용 관리청 건물 출입구 앞에 나를 세워 두었다. 그대로 문 앞에 서 있었다. 곧이어 건물에서 사람들이 잔뜩 쏟아져 나와 곧바로 시티튜브로 몰려갔다. 수십, 수백 명은 돼 보였다. 비교적 젊어 보이는 남자들이 나오면 샘일까 싶어 눈길을 끌어 보려고 애를 썼다. 그렇지만 나를 쳐다보는 사람은 아무도 없었다. 안내 데스크에 있던 빨간 머리 여자조차도 나를 쳐다보지 않고 옆으로 지나쳐 갔다. 시간이 지나자 건물 밖으로 나오는 사람들이 차츰 줄어들었다. 꼼짝않고 가만히

서 있느라 다리가 아팠다. 마지막 직원들이 건물을 나설 즈음에는 어두운 밤이 시작되었다. 저쪽에 조금 떨어져 앉아 있던 알라야가 내게로 와 말했다.

"있지, 관두자. 소용이 없네. 여기는 일하는 사람들이 너무 많아. 자, 가자. 너무 꾸물대다가는 공관한테 붙잡힐 거야. 그렇게 되면 나한텐 완전 재앙이라고."

우리는 발을 터덜터덜 끌며 집으로 향했다. 알라야가 작은 문에 난 자물쇠에 열쇠를 꽂아 돌리니, 신이 난 벅이 짖는 소리가 들렸다. 녀석을 다시 만나자 처음으로 기쁘다는 생각이 들었다. 사람들이 털 난 동물에게 애정을 느낀다는 얘기가 처음으로 이해가 갔다.

알라야와 나는 가볍게 식사를 하고 나서 곧장 잠자리에 들었다. 작은 불꽃을 불어 끄다가 알라야가 말했다.

"사야, 내일 날씨 좋으면 자연 지구로 소풍 가자. 기분 전환도 되고 벅도 좋아할 거야."

나는 너무 피곤해서 소풍이 뭐냐고 물어볼 만한 기운도 없었다.

소풍

"사야! 얼른 일어나, 이 게으름뱅이야. 날씨 어마어마하게 좋아. 소풍 가기에 완전 딱이라고!"

도통 일어나질 못하는 나를 보며 알라야가 소리쳤다.

"소풍이 뭐야?"

"자연 지구로 가서 풀밭에 앉아서 샌드위치나 간단한 음식 같은 걸 손가락으로 집어서 먹는 거야."

쓰레기통에 버려진 음식을 끄집어내서 팔레 데 자르 광장 벤치에서 먹었던 일이 떠오르자 소풍 가고 싶은 마음이 싹 사라졌다. 하지만 알라야가 소풍이 최고의 놀이인 양 굴어서 나도 그에 맞춰 신나 보려 애썼다.

"그러면 그건 뭐야, 자연 지구? 멀리 있어?"

"자연 지구는 도심 바깥에 있어. 생산하고 교역하는 도심 지역을 지나서 더 가면 있어. 풀, 나무, 개울, 동물들이 잔뜩 있는 곳이야. 제법 멀어. 터보튜브 타고 한 시간 정도 걸리거든."

"근데 너 카드 있어? 터보튜브 타는 거."

"그건 걱정하지 마. 가 보면 알아!"

나는 알라야를 거들어서 간단한 먹을거리를 준비했다. 우리는 벽을 데리고 같이 길을 나섰다. 터보튜브 입구가 얼마 안 남았을 즈음, 알라야가 주머니에서 선글라스를 꺼내서는 코위에 걸쳐 쓰고 내 팔을 잡으며 말했다.

"좋아, 지금부터 나는 시각 장애인이 되는 거야. 너랑 벽은 내 동반자고."

"근데…… 왜 이렇게 하는 거야?"

"이렇게 하면 돈 안 내고 터보튜브를 타거든, 디젤 씨. 벽도 우리랑 같이 갈 수 있고."

"의심하는 사람 없을까? 혹시 확인하려고 하면 어떡해?"

"가짜 특별교통카드가 있거든. '이동하기 어려운 사람'들한테 만들어 주는 카드인데, 마르틴 할머니가 예전에 쓰시던 카드로 만들었어! 걱정 마, 지금까지 사람들이 한 번도 뭐라고

한 적 없어!"

그렇게 우리는 터보튜브 입구로 향했다. 알라야는 벅과 나 사이에서 주춤거리며 걸었다. 별문제 없이 특별교통카드 전용 출입구를 통과했다. 노인 몇 명과 배가 아주 커다란 여자 둘도 우리 옆에서 같이 통과했다.

"알라야, 저 여자들은 배에다 뭘 넣고 다니는 거야?"

내가 속삭이자 알라야가 소리쳤다.

"너 어쩜 그렇게 어이없는 질문을 할 수 있니! 아이를 품고 있는 거잖아. 임신한 거라고. 임신한 게 아니면 대체 뭐겠어!"

그러고는 이렇게 덧붙였다.

"하긴, 넌 임신한 사람을 한 번도 본 적이 없겠구나. 아무튼 좀 웃기긴 하다."

그렇지, 웃긴 일이지만, 그래도 마냥 웃기다고만 할 수 있는 일은 아니다. 솔직히 말해서 곱씹어 볼수록 오히려 슬픈 일이다. 나에 대해 알아 갈수록, 더욱이 내 인생이 실험실 한편에 있던 실리콘 주머니 속에서 시작되었다는 걸 생각하면 말이다. 숨이 턱턱 막히는 듯한 괴로움이 밀려와서 제대로 마주하기조차 어려웠다. 이런 감정은 아무한테도, 하물며 알라야한테도 얘기할 수 없었다. 평범한 생명체란 실험실에서 계산해서 만들어 낼 수 없는 새로운 창조물이다. 남성과 여성이 서로에게 이끌려서 탄생시키는 거니까. 그런데 나는, 난 뭐지? 생명유전공학자가 만들어 낸 단순한 복사본으로 교체용 장기 취급을 받는다. 서로 사랑하는 사람들의 결실이 아니었다. 그저 냉정하게 입력한 계산식에 따른 결과에 불과할 따름이다. 그럼 내가 인간이라고 할 자격이 있는 걸까?

이런 모든 생각이 머릿속에서 걷잡을 수 없이 맴도는 와중에도 내 눈길은 우리 가까이 앉은 여자의 커다란 배를 향했다. 알라야가 내 옷소매를 잡아 당겨서 머릿속에서 벌어지던 혼란을 떨쳐 낼 수 있었다.

"왔다, 우리가 탈 터보튜브야!"

평일이라 터보튜브에 사람들이 별로 없어서 여유롭게 앉을 수가 있었다. 다른 승객들은 대부분 방학 중인 청소년들이거나 일을 하지 않는 노인들이었다. 조금 뒤 터보튜브가 터널을 빠져나왔다.

알라야가 시각 장애인 역할을 충실히 연기하며 나에게 물었다.

"창문 내다 봐 봐, 뭐가 보이는지 얘기해 줘."

나는 창고며 길, 서로 교차하는 도로, 작은 건물들을 설명했다. 내가 교역 및 생산 지구, 공항 터미널, 파리로 가는 초고속 도로, 교외 거주지 등을 얘기하면 알라야는 그게 어떤 용도인지 알려 줬다. 가용에서 멀어질수록 집 크기가 차츰차츰 작아지고, 간격도 더 듬성듬성해지면서 도로도 적어졌다. 마침내 터보튜브는 구역을 완전히 쏙 빼닮은 풍경으로 접어들었다. 나무들과 드넓은 초원으로 온통 초록색이었다. 가용에서 3일을 보내는 동안 내가 이런 환경을 얼마나 그리워했는지 새삼 깨달았다. 터보튜브가 멈추자 우리는 다시 작은 길로 나섰다. 벅은 미친 듯이 펄쩍거렸고 우리는 이리저리로 내달렸다. 그나마 벅보다는 우리가 조금 덜 미친 것처럼 뛰어다녔다.

알라야가 소리를 질렀다.

"자연 지구 너무 좋아. 여기서 쭉 살고 싶어! 그치, 벅? 그럼 끝내줄 텐데, 안 그래?"

우리는 한참을 걸어서 사람이 많지 않은 곳으로 갔다. 큰 나무들, 시냇물, 부드러운 풀이 있었고, 우리는 둘 다 여기야말로 소풍하기 좋은 곳이라고 입을 모았다. 자리를 잡고 가져온 음식을 마지막 한 조각까지 먹어 치웠다. 그러고 나서 개울에서 첨벙거리고, 벅이랑 놀다가 너도밤나무 거의 꼭대기까지 기어오르며 내가 얼마나 민첩한지를 선보였다. 이렇게 즐겁고 걱정

하나 없는 건 오랜만이었다. 하지만 돌아가야 할 시간이 너무 금방 찾아왔다.

다시 터보튜브 역으로 돌아갈 때는 호숫가 길을 따라가자고 알라야가 얘기했다. 산책 나온 사람들이 꽤 많이 돌아다니는 넓은 길이었다. 자전거를 탄 남자애들 무리가 우리를 지나쳐 갔는데 그중 한 명이 나와 부딪힐 뻔했다.

나는 목소리를 높였다.

"조심 좀 해!"

남자아이가 날 돌아보더니 그 자리에 곧바로 멈췄다.

"어 뭐야, 필리프!"

그 아이가 나에게 소리를 질렀다.

그러고는 다른 애들을 불러 세웠다.

"야, 얘들아, 잠깐만! 멈춰 봐!"

일이 어떻게 굴러가는 건지 미처 알아차리기도 전에, 남자애들 넷이 나를 둘러싸고 질문을 퍼부었다.

"아니 필리프, 너 여기는 어떻게 온 거야? 침대에만 붙어 있는 줄 알았는데!"

"괜찮아진 거야? 너 완전 바뀌었다. 무지 건강해 보이는데!"

"그래, 말 좀 해 봐. 다 나은 거야? 못 알아볼 뻔했어!"

"거기다 머리도 무진장 길었는데, 예수님 소리 듣겠어! 성자 필리프, 이야!"

"그럼 다음 주엔 다시 학교 나오는 거야? 신난다!"

어떻게 된 일인지를 퍼뜩 깨달았다. 이 애들은 나를 다른 사람으로, 그러니까 병에 걸려 있는 필리프라는 사람으로 착각한 것이었다. 그러면 이 필리프라는 사람은 어떻게 친구들이 속아 넘어갈 정도로 나를 닮을 수가 있을까? 내 원본이 아닌 이상⋯⋯.

나는 무리를 향해서 어물어물했다.

"어, 응, 잘 지내지⋯⋯ 어⋯⋯ 훨씬 괜찮아⋯⋯. 어, 그럼 곧 또 보자."

"우리 호숫가 카페로 주스 마시러 갈 건데, 너도 같이 갈래?"

아이들 중 하나가 물었다.

"아니, 어⋯⋯ 난 못 가. 친구랑 같이 왔거든. 이제 돌아가야 해서."

나는 조금 거리를 두고 떨어져 있던 알라야를 가리켰다.

아이들은 씩 웃더니만 다시 한꺼번에 말을 쏟아 냈다.

"아, 아, 그래, 알겠어. 방해 안 할게."

"우릴 보고도 반기지 않은 이유가 있었구나. 그랬구나, 이제 알겠네!"

"너 아프리카랜드 애랑 만나냐? 별일이네! 이 녀석 봐라, 너네 아빠도 알고 계셔?"

"야, 필리프, 저 개 멋있는데. 네 여친 개 말이야. 개한테 잡아먹히지 않게 조심해!"

한 아이가 좀 더 진지한 목소리로 덧붙였다.

"나 방학에 새로 사이버드라이브 하나 장만했어. 꼭 하러 와봐. 전화할게."

나는 이 애들을 빨리 떼어 내려고 했다. 이렇게 마주친 게 크나큰 문젯거리가 될 수 있겠다는 생각이 들기 시작했다.

"그래, 안녕. 금방 또 보자! 그래, 내가 연락할게! 안녕!"

아이들은 다시 자전거를 타고 떠났다. 나는 묘한 눈길로 쳐다보는 알라야를 향해 물었다.

"이게 대체 어찌 된 일이지? 넌 무슨 일인지 알겠어?"

알라야는 벌컥 성을 내며 소리쳤다.

"응, 아주 잘 알겠네. 그래 네가 복제인간이고, 가용에는 아는 사람 하나 없고, 이름은 블루 사호라 이 말이지! 아, 같잖은 이야기로 나를 잘도 놀려 먹었어…… 필리프!"

"아니야, 난 필리프가 아니야! 들어 봐 봐, 생각해 봐! 쟤네

들이 나를 친구라고 착각한 거야. 왜 그랬을 거 같아? 대체 왜 그 필리프라는 애랑 나를 헷갈려 하는 거라고 생각해? 그 애가 내 원본인 거야! 나랑 걔는 닮았지만, 나는 아프지도 않고 또 필리프 본인도 아니야. 너도 들었잖아, 내가 병이 다 나은 것처럼 보인다고 했던 거. 그러니까 내 원본인 필리프가 아팠던 거고, 그래서 구역에 있던 나를 데려가려고 했던 거야."

알라야는 곧바로 차분해졌다.

"근데 걔랑 네가 그 정도로 닮았을 거라 생각해?"

"당연하지, 쌍둥이보다도 더 닮았을걸. 앙드레가 원본이랑 복제인간은 그만큼이나 닮은 사이라고 했어."

"좋아, 믿을게. 미안해, 사. 그치만 아까는 하나도 납득이 안 갔어. 네가 그 남자애들이랑 원래 알던 사이인 것처럼 얘기했을 때는 말이지……."

"그렇게 연기할 수밖에 없었어. 그것 말곤 달리 무슨 방법이 있었겠어? 근데 걱정돼. 저 애들이 필리프네 집에 연락하면, 나를 만난 줄 알 텐데……. 원본의 부모님이, 네가 쓰는 말마따나 디젤 같은 멍청이가 아닌 이상은, 자기 아들의 복제인간이 가용 어딘가를 돌아다니고 있다고 판단을 내리겠지. 아마 내가 사라진 뒤로 계속 수색하고 있을 거야. 다시 잡아 오려고 비싼 돈을 지불했을걸."

"너를 찾겠다고 다 쓰러져 가는 우리 집까지 뒤져 보진 않을 거야. 우리 집은 숨기에 좋은 곳이잖아. 시간을 좀 더 벌 수 있을 거야. 내가 그 집에서 한 달도 넘게 지냈는데 아무도 의심하는 사람이 없었는걸. 이제 어떻게 할지 계획을 세워 보자. 나 있지, 벌써 떠오른 게 있거든."

알라야가 나를 안심시켰다. 난 알라야를 향해 미소를 지었다. 내가 이틀 전에 알라야에게 했던 것처럼, 알라야도 내 기운을 북돋워 주려고 했다. 우리 둘 중 누구에게도 곤경을 헤쳐 나갈 만한 마땅한 대책은 없다. 그래도 우리가 서로 도우려는 마음을 품고 있다는 것만으로도 혼자서 문제를 싸안고 끙끙대는 것에 비해 훨씬 나았다.

"자, 이제 돌아가자. 아무튼 끝내주는 소풍이었어, 안 그래?"

알라야가 검은 선글라스를 다시 꺼내 들었고, 우린 팔을 위아래로 흔들며 터보튜브 역을 향해 걸어갔다.

납치

알라야와 나는 둘 다 만족할 만한 계획을 세우느라 꼬박 이틀을 보냈다. 알라야는 가용을 최대한 빨리 떠나야 한다는 주장을 내세웠다. 유로랜드 남부에 있는 자연 보호 지역 아니면 더 먼 곳으로 가서 몸을 감출 수 있을 거라고 생각했다. 알라야가 알고 있는 대로라면, 아프리카랜드와 아시아랜드에서는 아이들이 일을 할 수가 있어서 생활비를 벌 수 있었다. 내가 그 멀리까지 가는 방법이 있냐고 묻자 알라야는 전혀 안 떠오른다고 털어놓았다. 시각 장애인으로 속이는 수법으로 돈을 내지 않고 터보튜브는 탈 수 있더라도 비행기까지 타는 데는 통하지 않을 게 분명했다.

무엇보다도 나는 가용에서 멀어지는 것에는 반대였다. 여기 머무르는 게 아무리 위험해도 나는 먼저 샘이나 앙드레를 찾아야 한다고 판단했다. 우리를 도와줄 수 있는 건 어른들뿐이다.

이제껏 우리는 샘을 찾으려고 갖은 노력을 기울였지만 허사였다. 앙드레에게 직접 연락하는 방법을 시도해 봐야 하는 건 아닐까? 분명 방법이 있을 터였다. 구역으로 가서 만나는 건 언뜻 봐도 불가능한 일이었다. 내가 기억하기로는, 앙드레가 내가 탈출하는 걸 도울 때 샘에게 연락을 했었고, 그 전에 단체에 있는 동료들에게도 연락을 했었다…… 그 단체 이름이 뭐였더라? 복제인간에 반대하는…… 인간 복제 반대 단체, GACH, 그래. 그리고 GACH는 임무를 완수하는 데 문제가 생기지 않으려면, 내가 아무리 딱하더라도 그냥 내버려 두라는 답을 앙드레에게 보냈다고 했었지……. 그 말인 즉슨 GACH는 앙드레에게 연락을 할 수 있다는 거고, 그럼 GACH가 연결해 준다면 나도 앙드레와 연락할 수 있지 않을까! 왜 진작 이 생각을 못 했을까? 내가 떠올린 아이디어에 들뜬 채 알라야에게도 들려주었는데, 알라야는 그다지 신이 나질 않는 것 같았다. 알라야는 내가 앙드레를 믿는 만큼 앙드레를 믿진 않았다.

알라야가 한숨을 쉬었다.

"그래, 그 사람을 다시 만나면 너야 좋겠지. 분명 걱정거리가 사라질 테니까…… 그치만 어른들이 날 붙잡으면, 가족 없는 아이들이 지내는 보호소로 보낼걸. 벅이랑도 떼어 놓고. 그리고 난 복제인간도 아니니까, 아무도 날 신경 안 쓸 거야!"

"내가 장담하는데, 앙드레는 그런 일이 벌어지도록 내버려 두지 않을 거야. 너를 보호소로 보낼 만한 일이나 벅한테 해가 될 만한 일을 내가 할 것 같아? 알다시피 난 지금까지 친구가 별로 없었어. 앙드레와 친구가 되고, 이제는 너랑 벅도 내 친구야. 절대 나 혼자 곤경에서 빠져나가는 일은 없을 거야. 우리 모두 함께하는 거야. 알겠어?"

알라야는 결국 내 의견을 받아들였고 내가 GACH에 연락하는 걸 돕기로 했다. 컴퓨터가 없다는 게 아쉬웠지만 길가의 안내 표지판을 이용해 간단한 연락은 할 수 있다고 알라야가 알려줬다. 우선 제일 가까운 표지판으로 갔다. 인터넷을 꽤나 헤맨 끝에 마침내 GACH를 찾아내서 홈페이지 링크를 열었다. 연락처가 나와 있지는 않았지만 메시지를 남길 수가 있었다. 알라야랑 같이 미리 준비해 온 말들을 표지판 기계에 대고 읽었다.

'앙드레, 또는 비리앙 바부에게. 블루 4호가 보냅니다. 앙드레에게 당장 보내야 하는 아주 급한 메시지입니다.

앙드레, 모레 오후 2시에 지중해 기념비 앞에 서 있을게요. 그 뒤로도 매일 같은 시간 같은 자리에 있을게요. 상황이 되는 대로 곧바로 오시거나, 아니면 샘을 대신 보내주세요. 부탁이에요.'

앙드레가 내 메시지를 받고 나서 준비를 할 수 있도록 약속 날짜는 이틀 뒤로 잡았다. 장소를 지중해 기념비로 정한 건 알라야였다. 이 도시에서 모두 알고 있는 곳이면서 아주 많은 사람이 오가는 곳이라고 했다. 2030년에 지중해를 정화한 기념으로 물을 형상화해 세운 커다란 조각이라고 알라야가 알려줬다.

이젠 내 메시지가 제대로 닿기를 바라는 수밖엔 없었다.

*

약속 날 아침, 알라야와 벅이 식당가를 돌며 남은 음식을 가지러 간 동안 나는 혼자 집에 있었다. 내가 함께하면서부터는 마르틴 할머니가 주는 음식으로는 셋의 식욕을 채우기에 턱없이 모자랐다. 나도 음식을 구하러 같이 나서고 싶었다. 알라야는 내가 필리프의 친구들을 마주쳤던 일을 콕 짚으면서, 운이 없게도 걔들을 마주치고 말았으니 이제부터는 밖으로 나가지 않는 편이 나을 거라고 말했다.

나는 알라야가 가지고 있는 책을 골라 읽으며 시간을 보냈다. 앙드레와의 2시 약속에 신경이 쓰여서 책에 제대로 집중하지 못했다. GACH는 내 메시지를 앙드레에게 전했을까? GACH의 연락을 받으면 앙드레가 올 수 있을까? 아니면 샘을 보내려나? 약속 장소로 나가서 오후 내내 하릴없이 기다리기만 하다가 헛걸음하고 돌아오기를 반복하는 상상을 했다. 그때 옆방에서 둔탁한 소리가 들리는 것 같았다. 창문을 통해 들락거리는 바로 그 방이었다.

"알라야, 너야?"

'왜 이렇게 금방 돌아왔지? 무슨 일이 생겼나?'

내가 궁금해 하던 찰나, 남자 둘이 갑자기 방으로 들어와 나를 덮쳤다. 한 사람은 40대쯤 되어 보이는 덩치 큰 대머리였고, 다른 사람은 유로랜드와 아프리카랜드 혼혈인 젊은 남자였다. 두 사람이 나를 의자에 붙들어 놓은 다음 나에게 주사를 놓았다. 화끈거리며 엉덩이가 아팠다. 나를 풀어 주었는데도 보이지 않는 줄에 붙들린 것처럼 팔과 다리가 뜻대로 움직이질 않았다. 나는 말을 하고 싶었지만 입이 더는 말을 듣지 않았다. 몸이 공중으로 들려 올라가는 게 느껴졌고, 그러고 나선 정신을 잃었다.

늑대 소굴

"근데 말이야, 내가 장기를 교체하기를 기다리는 내 복제본이 어딘가에 살고 있다는 게 별로 기분 좋은 일은 아닐 텐데 말이지."

"그치……."

"그렇게 상상하면 안 꺼림칙해, 너는? 복제인간을 만드는 걸 대책이랍시고 세워 놓는 건 좀 별로지 않아, 안 그래?"

"그치."

"희한해, 부자들은. 내 보기엔 그래. 장기가 필요해지면 돼지한테서 이식받을 수도 있을 텐데. 남들 다 하듯이 말이지. 아니면 그냥 받아들이고 뒈져야지, 별다른 수가 없으면. 어, 안 그래?"

"입 좀 다물어! 여기 그 걸어 다니는 교체용 예비 장기가 지금 막 깨어났단 말이야. 가서 얘한테 물이나 가져다 줘."

몇 분 전에 의식이 돌아왔다. 두 납치범이 나누는 얘기는 뇌에 기계적으로 입력됐다. 나는 겨우 눈을 떴다. 커다란 대머리가 몸을 숙이고 나를 살펴봤고, 표정은 무뚝뚝했다. 젊은 남자가 물 한 잔을 들고 와서 내가 몸을 일으키도록 도왔다. 나는 게걸스럽게 물을 들이켰다. 입이 바싹 말라 있었는데, 분명 나한테 주사한 수면제 때문이었을 거다. 시원한 물을 마시고 정신이 깨어 주변을 둘러봤다.

자그마한 방에 탁자 하나, 안락의자 두 개, 그리고 지금 내가 앉아 있는 긴 의자가 있었다. 커튼이 쳐진 창문이 하나 있었고, 벽에 달린 전구는 누르스름한 빛을 내뿜었다. 대장으로 보이는 커다란 대머리가 자세를 틀어 안락의자에 앉았다. 젊은 남자는 계속 내 가까이에 머물렀다. 빈 잔을 손에 든 채, 호기심을 감추지 못하고 나를 유심히 뜯어봤다.

절망이 나를 집어삼켰다. 알라야가 설명해 줬던 표현을 떠올렸다. '늑대 소굴로 들어간다'는 말이었다. 아 그래, 정확히 지금 내 상황이다.

"자, 잠은 다 깼나?"

커다란 대머리가 입을 열었다. 그러고는 이렇게 덧붙였다.

"얌전히 있는 편이 좋을 거야. 확실히 얘기해 두는데 소리 질러도 소용없어. 방음이 완벽한 방이거든. 그러니 진정하고. 거기다 내가 듣기로는 너한테 그렇게 나쁜 일이 벌어지지는 않을 거야. 며칠 있으면 구역에 있는 꼬마 친구들도 다시 만날 거고, 전부 예전으로 돌아갈 거니까. 어느 정도는 말이지."

"'어느 정도' 돌아갈 거라는 건 무슨 소리예요?"

내가 대꾸했다. 사나운 목소리를 내고 싶었지만, 수면제 때문에 소리가 어눌하게 나왔다.

"폐 한 쪽만 뗀다는 건가요? 신장? 아니면 귀 한 쪽? 뭐가 필요한 거예요, 내 원본은?"

커다란 대머리는 놀란 듯이 나를 바라봤고 젊은 남자는 횡설수설했다.

"아니, 구역에 있는 복제인간들은 이런 장기 이식 얘기는 전혀 모르는 줄 알았는데. 어떻게……"

대머리가 말을 끊었다.

"뭐, 이 녀석은 일이 어떻게 굴러가는지 좀 아는 거 같은데."

"다시 이야기하지만 전혀 큰일은 아니야. 아무튼 너무 많이 알려 하지 않는 게 좋을 거야. 이미 너무 많이 알고 있는 것 같지만 말이야. 그런 얘기를 해 준 게 누구지?"

"친구요. 당신들이 나를 납치한 걸 그 친구가 알면……."

거기서 말을 멈췄다. 상대가 겁먹을 만한 말이 떠오르지 않았기 때문이다. 두 남자는 웃음을 터뜨렸다.

대머리가 말했다.

"친구? 분명 개 데리고 있는 여자애 말하는 거겠지? 아 그래, 그 친구한테는 고마워해야지. 그 애 덕분에 우리가 널 찾았으니까!"

나는 새파랗게 질려 버렸다. 알라야, 내가 완전히 믿고 있었는데……. 어떻게 나를 배신할 수가 있지? 그래, 누구도 믿어서는 안 된다는 뜻이겠지. 알라야나 앙드레 같은 사람도 말이다. 나는 혼란스러운 마음을 겨우 감추며 물어봤다.

"무슨 소리예요, 그 애 덕분이라니? 그게 무슨 뜻이에요?"

대머리는 흡족한 기색이었다. 아주 자부심이 넘쳐서 으스대는 통에 나를 어떻게 찾아냈는지 알려 달라고 굳이 부탁할 필요조차 없었다.

"무슨 뜻이냐고? 하, 하! 우선은 내가 기똥차게 머리를 잘 굴리는 진짜배기 프로라는 소리지. 딱 필요한 순간에 네가 구역에서 사라지는 바람에, 필리프라는 네 원본 부모님이 나한테 널 찾아 달라고 불렀지. 상당한 돈이 걸린 일이었어. 단서가 하나도 없다는 게 흠이었지만. 대체 네가 어떻게 빠져나간 건지 아예 감이 안 잡혔거든. 다행히 네가 원본 친구들을 우연히 마주친 덕에 일이 쉬워졌지. 자기네 아들은 몇 주 내리 침대를 떠나지 못했으니까, 부모님은 아들 친구들이 만났던 게 바로 너였을 거라고 곧바로 의심한 거지. 그렇담 너는 가용 근방에 있었다는 거고. 덕분에 수색 범위가 확실히 좁아졌지. 그렇다 한들 네 친구랑 걔네 개가 아니었으면 널 못 찾았을 거야. 아니면 찾더라도 너무 늦어졌겠지, 뭐."

나는 무심결에 이를 악물었다.

'대체 뭘 믿고 알라야에게 내 얘기를 털어놨던 걸까?'

하지만 대머리는 나는 쳐다보지 않고 자기 얘기만 이어갔다.

"자, 나는 실종 신고가 된 사람들 자료를 전부 갖고 있어. 그걸 보고 실종자 가족들을 찾아가는 거야. 새가 날아가듯이 훌쩍 사라져 버린 사람들을 찾아 달라고 나 같은 놈한테 돈을 내려는 가족들도 있으니까. 아프리카랜드 애, 개를 데리고 다니는 그 애도 자료에 있었어. 처음에는 별다른 흥미가 없었지. 그 애를 찾으려고 큰돈을 쓸 만한 가족은 하나도 없었으니까.

그래도 까먹지는 않고 있었어. 그래서 자료를 다시 꺼내 봤는데 모든 게 술술 풀렸지. 꼬마 애를 거둬 줬다던 노인네를 만나러 갔어. 잔머리 굴릴 줄 모르는 정직한 노인네라서 어렵지 않게 구슬렸지. 노인네가 아프리카랜드 애 얘기도 전부 해 주고, 버려진 집 주소도 술술 털어놨어. 그래서 잭슨이랑 내가 낡은 집으로 달려들었지. 그리고 땡 잡은 거야. 그 집에 도착하자마자 네 친구랑 개가 밖으로 나갔으니까. 일이 수월해졌지."

커다란 대머리는 말을 맺었고, 한결 더 뿌듯해진 눈치였다. 구역에서 도망친 것부터 다시 앙드레를 만나려고 계획을 세웠던 것까지, 내 운명에 맞서려던 모든 노력은 이제 허사가 되었다. 터보튜브에서 가방을 도둑맞지만 않았더라도, 샘 주소를 기억해 두기만 했더라도……. 이제 어떻게 하지? 친구들과는 동떨어진 채, 내 앞에 펼쳐질 일들에 그저 벌벌 떠는 채로, 덫에 걸려 있었다.

나는 겨우 입을 떼어 물어봤다.

"여긴 병원이에요?"

이번에는 잭슨이라고 하는 젊은 남자가 대답을 했다. 대머리는 생각에 잠겨 있었다. 내 덕분에 벌 돈을 어떻게 쓸지 상상하는 모양이었다.

"아니, 여긴 우리 아지트야. 병원에서는 준비를 좀 해야 하거든. 병원으로는 내일 갈 거 같아."

젊은 남자가 덧붙이는 말에서 약간의 동정심이 느껴졌다.

"너무 걱정 마. 아무 일 없을 거야, 그냥 너한테서……."

대머리가 갑자기 심각한 목소리로 소리를 질렀다.

"입 다물어! 그 뒷일은 전혀 알 거 없어. 잭슨 너는 얼른 가서 맥주랑 팩에 포장한 음식이나 찾아와. 뱃속이 텅텅 비었으니까!"

셋이서 희한한 맛이 나는 음식 쪼가리를 먹었다. 나는 음식을 거의 건드리지 않았다. 배가 고프지 않았다. 그저 끔찍한 구역질이 올라올 뿐이었다. 두려움 때문인지도, 아니면 나한테 썼던 약 때문인지도 몰랐다. 식사를 마치고 나서 대머리는 나더러 의자에 누워 자라고 했다. 대머리는 안락의자에 남아 나를 감시했고, 젊은 남자는 잠을 자러 다른 방으로 갔다. 졸음이 쏟아졌다. 수면제의 효과가 아직 남아 있는 게 분명했다. 그렇다고 해서 잠을 푹 잔 건 아니었다. 나는 땀에 젖은 채로 이따금 소스라치면서 깨어났고, 다시 무시무시한 악몽 속으로 빠져들었다. 일어날 무렵에는 진이 빠져 있었다.

병원

잭슨이라는 젊은 남자가 나를 깨웠다.

"먹을 건 줄 수가 없어. 미안하다, 규칙이라서. 혹시 물을 마
시고 싶으면……."

잭슨이 내미는 물 한 잔을 받아들었다. 그때 커다란 대머리
가 뺨을 긁적이며 방 안으로 들어섰다. 짜증 섞인 말투로 내뱉
었다.

"자, 얼른 가자. 한 시간 안에 병원에 도착해야 돼. 잭슨, 그
녀석 꽉 붙잡아. 확실히 해 둬야 하니까."

잭슨은 나를 끈 같은 것으로 묶고는 자석으로 된 자물쇠를
걸었다. 상반신을 동여매니 전혀 빠져나갈 수 없었다. 그리고

는 컴퓨터 일체형 헬멧을 내 머리에 장착하고는 영상 안경을 씌웠다. 부드러운 색깔 조각들이 눈앞에서 느릿느릿 춤추기 시작하는 가운데, 귀로는 마음을 가라앉히는 음악이 흘러들었다. 누군가의 손이 내 어깨를 붙잡더니 나를 일으켰다. 주춤거리며 발걸음을 뗐다. 저항하려는 시도조차 하지 않았다. 그래 봐야 좋을 게 뭐가 있겠는가?

조금 걸어가 계단을 하나 내려갔다. 그러고는 차 안에 들어가니 차가 점점 더 빠르게 움직였다. 헬멧에서 흘러나오는 음악과 안경에서 나오는 영상 때문에 편안하다 못해 몽롱해졌다. 그러다 사람들이 나를 일으켜 세워서 깜짝 놀랐다. 걸으라고 시키더니, 이내 다시 멈췄다. 그제야 나를 묶었던 끈이 풀리고 헬멧과 영상 안경도 벗겨졌다.

의료 기기가 들어찬 방이었다. 커다란 대머리와 잭슨은 없었다. 그 대신 엷은 보랏빛 머리를 틀어 올려 근엄한 분위기를 풍기는 여자가 한 명 있었고, 새카만 수염에다 모든 걸 꿰뚫어 볼 것 같은 눈빛을 지닌 작고 마른 남자가 하나 있었다. 영상 안경에서 나온 나른한 영상 때문에 아직도 얼떨떨했던 나는 방 한가운데에 선 채로 약간 휘청거렸다.

"여기 누워라."

여자가 컴퓨터 설비로 둘러싸인 큰 의자를 가리키며 명령했다. 여자는 손목에 있는 화면을 흘끗 쳐다보고는 부드러운 목소리로 덧붙였다.

"블루 4호, 맞지? 그래, 블루 4호야, 몸에 힘을 풀어 보렴. 걱정 말고. 네가 바보짓을 했다고 그러던데. 구역에서 멀리 떨어진 데서 헤매고 있었다고 말이야. 그게 어마어마하게 위험한 일이었다는 거 이제는 좀 알겠니? 바깥세상은 널 망가뜨릴지도 모른다고. 이제는 구역에 있는 친구들도 다시 만나고, 모두 다 훨씬 좋아질 거야."

"저한텐 정확히 어떤 일이 일어나는 거예요?"

나는 조금 떨리는 목소리로 물었다.

"먼저 네 상태가 괜찮은지 확인할 거야. 구역 바깥에서 지내는 동안 건강에 너무 무리가 가진 않았는지 말이야. 몇 가지 간단한 검사를 하고, 몸에 있을지도 모르는 바이러스를 깨끗이 제거하고 질병을 치료할 거란다. 그러고 나면 얼마 동안은 피곤한 느낌이 들 거야. 하지만 우리가 빨리 회복하도록 도울 거야. 곧 있으면 네가 지냈던 곳보다 훨씬 쾌적한 다른 구역에서 친구들을 만날 거란다. 그러니 여기 누워서, 네가 건강한지 살펴볼 수 있게 해 주렴."

내 몸에 안락하게 감기는 의자에 누웠다. 조금도 움직일 수 없는 기분이었다. 그러다 의사 둘이서 온갖 기구를 내 바이오 칩에 연결하자 분노가 치밀었다. 나를 꼼짝 못 하게 만드는 바람에 아무것도 할 수 없으니까. 소리를 지르며 벌떡 일어나, 기계를 뒤엎고 밖으로 뛰쳐나가 곧장 앞으로 달려 나가고 싶었다. 그러나 그렇게 한다 한들, 어차피 결과는 마찬가지였다. 내가 날뛰지 못하도록 진정제를 주사하겠지. 얌전히 있으면 적어도 내가 지닌 미약한 힘이나마 지킬 수가 있었다. 그래서 최대한 무덤덤한 척을 하면서 눈을 감았다.

조금 뒤, 여자와 수염 난 남자는 내가 자기들 이야기를 듣고 있다는 사실은 까먹은 채, 내 건강 상태를 평가하기 시작했다.

"심각한 영양 불균형이 보입니다. 다만 신체에 큰 영향을 끼친 것 같지는 않고요."

남자가 말했다.

"네, 식생활이 바뀌었는데도 아주 잘 견뎠습니다. 소화 기관도 훌륭하게 적응했으니, 이쪽으로는 별문제 없을 겁니다."

"바이러스 침입도 없습니다. 완벽해요. 세균 쪽은 어떤가요?"

두 사람은 그렇게 내 몸에 관한 얘기를 이어갔다. 가용에 머무르면서 별 탈 없이 버텼다는 것 말고는 그다지 많이 알아들을 수 없었다. 다만 마지막에 나눈 얘기만은 아주 명료하게 이해됐다.

"판독에 필요한 추가적인 조치를 전부 취하죠. 오늘 저녁이면 끝이 날 테니, 결과가 모두 좋으면 내일 수술에 들어갈 수 있겠어요. 어떻게 생각하세요?"

여자가 단호하게 말했다.

"그래요, 그게 좋겠네요. 다른 쪽은 준비가 되었으니, 더 꾸물거리지 않는 편이 나을 겁니다. 내일이면 딱 좋겠군요. 제가 담당하죠. 오후 3시 정도에, B번 수술실 어떨까요?"

"아주 좋네요. 제가 수술실을 준비해 두고 팀원들에게 알려 둘게요."

두 사람은 대화를 마치고 나서야 내가 있다는 사실을 다시 떠올린 것 같았다.

엷은 보랏빛 머리칼의 여자가 말했다.

"전부 다 괜찮구나, 블루 4호야. 그동안 잘 지냈으니, 맛있는 식사를 할 만한 자격이 충분한걸."

솔직히 말하자면 그 말을 듣고서 기분이 좋아졌다. 뱃속이 말썽을 부리기 시작했던 참이었다. 이 감각만큼은 구역에서 도망쳐 나온 뒤로 통 익숙해지지 않았다.

두 사람은 가까운 방으로 날 데려가서 간단한 식사를 내줬다. 맛이 밍밍했다. 그러고는 목욕을 시키고, 부드러운 잠옷을 내주고, 안마 매트리스가 있는 침대에 눕혔다. 방 안에는 은은한 주황색 빛이 번져나갔다. 헬멧에서 나오던 것과 똑같은 음악이 나지막이 울려 퍼졌다. 몸도 피곤하고 병실 안은 안락한 분위기까지 감돌았지만 마음은 지독하리만치 불안했다. 방문은 단 하나뿐이었고, 그 문은 경비원이 방을 나서면서 단단히 걸어 잠가 둔 터였다. 도망치는 건 어림도 없었다. 생쥐처럼 덫에 걸린 채, 알라야가 알려 줬던 동물 이름을 다시 떠올려 보는 게 고작이었다.

'알라야……'

나를 구해 줄 사람은 알라야밖에 없었다. 어쩌면 알라야가 일을 잘 처리해서 앙드레와 연락이 닿았을지도 모르고, 아주 만약일 뿐이지만……. 낡은 집, 벽, 알라야의 미소, 앙드레를 떠올리자니 목이 메었다. 나한텐 어떤 일이 벌어질까? 앞으로 어떤 세상이 펼쳐질까? 설령 큰 탈 없이 수술을 마친다 해도, 절대 도망쳐 나올 수 없는 다른 구역으로 쫓겨날지도 모르지. 시키는 대로 고분고분 따라야 하는 생활을 어떻게 다시 견딜 수가 있을까? 이제껏 깨달은 모든 걸 과연 머릿속에서 지울 수가 있을까?

그보다도 수술을 마치면 대체 어떤 모습으로 깨어날까? 깨어날 수는 있을까? 너무 무섭고 암울했다. 나는 울음을 터뜨리지 않으려고 옷을 꽉 깨물었다.

대면

나는 결국 깜박 곯아떨어졌다. 끔찍한 꿈을 꾸는 바람에 가위에 눌린 듯 옴짝달싹 못했다. 그러다 어수선한 소란이 벌어지는 통에 벌떡 일어났다.

병실 문이 열렸다. 괴물 한 마리가 희끄무레한 빛을 받으며 악몽 가장 깊숙한 곳에서 솟아오른 것처럼 내게 덤벼들었다. 지독한 냄새를 풍기는 입김이 내 얼굴에 훅 끼쳤고, 발톱이 달린 발로는 내 배를 짓이겼으며, 무언가 끈적끈적한 게 내 뺨을 타고 흘러내렸다. 정신이 혼미해지려는 찰나, 익숙한 목소리가 부르짖었다.

"됐다, 벅이 찾았어요! 벅이 찾았어요!"

순간 알라야의 목소리라는 걸 알아챘고, 이 괴물은 다름 아닌 알라야가 그토록 좋아하는 벅이라는 걸 알았다. 방을 가득 채우는 빛에 눈이 부셔 반쯤 눈이 머는 것 같았다. 비명과 고함에 어안이 벙벙한 채로 있는데, 어두컴컴한 발치에서 내 친구 알라야의 얼굴이 튀어 올랐다. 그 얼굴엔 환한 웃음이 번져 있었다.

"아 정말, 이 자식, 사야, 우리 딱 맞춰 도착했지, 그치! 아무튼 벅한테 고맙다고 하면 돼. 벅 아니었으면 이렇게 금방 찾진 못했을걸. 엄청난 냄새를 풍기는 단서가 있기도 했고!"

알라야는 내 지저분한 신발 한 짝을 코앞에서 흔들며 목청껏 말했다.

나는 지독한 냄새를 풍기는 신발을 뿌리치고, 집요하게 내 뺨을 침으로 뒤덮는 벅을 떼어 내고는 몸을 일으켰다. 알라야 뒤편으로 어른들 무리가 몰려왔다. 전부 공관 제복을 입고 있었다. 딱 한 사람만 빼고. 그 사람은 바로,

"앙드레!"

앙드레가 내 쪽으로 고개를 돌렸다.

혹시 모든 게 아주 교묘한 악몽은 아닐까? 대체 얼마나 무시무시한 일이 몰아치려고 이러는 걸까? 다행히도 현실이었다.

앙드레가 내 곁에 앉아 안심시키는 목소리로 얘기했다.

"됐어, 블루 4호야, 이젠 안전해. 걱정 마라, 이제부터는 너를 놓지 않을게. 일단 여길 나가서 샘 집으로 가자. 걸을 수 있겠니?"

나는 고개를 끄덕였지만 막상 일어나 보니 다리가 후들거렸다. 그동안 겪었던 바깥세상의 불안과 공포에서 벗어남과 동시에 숱한 감정들이 단숨에 몰려왔다. 앙드레가 나를 부축했다. 여전히 부드러운 배경 음악이 흘러나오고 카펫이 깔린 복도를 따라 공관들이 우리를 안내해 줬다.

병원홀에 다다르자 사람들이 몇 명 모여 있었다. 알 수 없는 탄식 소리가 크게 들려왔다. 링거 줄 여러 개가 연결된 들것 위에 누군가가 누워 있었고, 공관 두 명이 그 주변을 둘러싸고 있었다. 한 여자가 들것에 몸을 기대고 있었다. 방금 전 탄식 소리 역시 그 여자가 내는 것이었다. 우리가 다가가자, 여자는 고개를 들어 나를 바라봤다. 여자의 탄식 소리는 숨이 넘어갈 것 같은 비명으로 뒤바뀌었고, 소스라치게 깜짝 놀라며 두려움에 가득한 표정으로 나를 뚫어져라 쳐다봤다.

그 옆에 있던 남자는 나를 힐끗 곁눈질하고는 언짢은 기색으로 시선을 거뒀다. 나는 나를 부축하던 앙드레의 손을 내린 다음 들것 쪽으로 더 가까이 다가갔다. 들것 위에 누가 있을지는 이미 알고 있었다. 아무리 미리 알고 본다고 해도 충격이 줄어들지는 않았다. 너무나 파리하고 핼쑥한데 나와 똑같은 얼굴이 강렬한 인상을 남겼다. 내 머리칼과 똑같은 금발이었지만 그 아이의 머리카락은 훨씬 더 짧았고 땀에 젖어 머리에 달라붙어 있었다. 그 아이의 몸이 누인 들것과 덮고 있는 시트 사이가 얇아서 병 때문에 얼마나 야위었는지 짐작할 수 있었다. 그 아이는 나를 보지 못했다. 푸르스름한 기운이 감도는 눈은 감겨 있었고, 고통스러운 듯 작은 숨소리를 쌕쌕거리며 내뱉었다.

그 아이를 향해서 애틋하고, 애처로운 마음이 들었다. 혹시 이런 감정이 사랑인 걸까 싶을 정도였다. 그 아이는 또 하나의 내가 아닌가. 나는 그 애와 쌍둥이나 다름이 없고, 긴밀하게 연결되어 있으며 서로 똑같은 살갗을 가진 존재가 아닌가.

우리를 안내하던 공관이 그 아이와 나 사이로 끼어들었다. 앙드레는 나를 뒤쪽으로 끌어당겼다.

"가자, 여기 있지 말자."

앙드레가 나를 데려가며 중얼거렸다.

우리는 병원 밖으로 나섰다. 병원은 길가에 있는 다른 건물들과 별 구분 없이 평범한 모습이었다. 다른 점이 하나 있다면, '선진 의료 연구 센터'라는 작은 간판이 달려 있다는 것. 공관 차량 여러 대 옆으로 택시가 하나 서 있었다. 택시에서 마르고 키 큰 남자가 서둘러 내리더니 우리를 향해 달려왔다.

"됐어? 구한 거야? 이 아이구나? 아 그래, 알아보겠다! 안녕, 블루 4호. 나는 샘이야. 이리 오렴, 우리 집으로 가자. 이미 공관에게 우리 집 주소를 알려 주면서 우리 집에서 지낼 거라고 말해 놓았단다. 갈까? 어서 타렴!"

샘의 말이 떨어지기가 무섭게 내 눈은 몇 발짝 뒤에 서 있는 알라야와 벽을 향했다. 앙드레는 단박에 내가 무슨 생각을 하는지 알아챘다.

"걱정 마라, 블루 4호야. 네 친구랑 저 개도 같이 데려갈 거야. 어떻게 하면 좋을지는 나중에 생각해 보자꾸나."

우리는 모두 택시에 우르르 올라탔다. 운전사도 무어라 트집을 잡지 않았다. 분위기가 사뭇 심각하고 위중해 보여서 택시에 개는 탈 수 없다고 항의하는 것마저 까먹은 것 같았다.

한껏 신이 나서 들뜬 알라야와 앙드레는 맛있는 음식을 몽땅 먹어치우자고 했다. 앙드레와 알라야가 어떻게 만나고 나를 구해 냈는지 번갈아 가며 세세히 얘기하고, 앞으로 자연 보호 지역에서 보낼 긴 휴가와 즐거운 계획들을 두서없이 늘어놓았다.

　나는 두 사람 얘기를 들으며 마냥 기쁨을 나누기가 어려웠다. 일단 너무 지쳐서 기운이 뚝 떨어져 있었다. 나와 너무나 닮은 딱한 얼굴도 여전히 눈앞에 어른거렸다. 나는 이제 결코 아무 일도 없었다는 듯 태평하게 지낼 수가 없을 것 같았다. 살아가는 재미를 영영 잃은 듯한 기분이 들었다.

자유, 우정, 박애

시간이 많이 흐른 뒤에 나는 평온한 생활을 되찾을 수 있었다.

우리는 샘의 작은 아파트에서 다 같이 며칠을 보낸 다음 앙드레와 나만 GACH에서 마련해 준 주거 구역 C에 있는 집에 짐을 풀러 갔다. 불법 복제인간 사건을 조사 하는 동안에는 가용을 벗어날 수 없었기 때문이다. 조사를 받을 필요가 없는 알라야와 벅은 앙드레의 약혼자인 니나의 집으로 갔다. 니나는 자연 보호 지역에서 지내는 동물행동학자였다. 알라야는 동물 전문가와 함께 동물들을 잔뜩 만날 수 있다는 기대에 부풀어 큰 아쉬움 없이 내 곁을 떠났다. 솔직히 나는 알라야와 떨어져 지내야 하는 게 훨씬 힘겹게 느껴졌다. 앙드레가 내 곁에 있는데도 말이다. 비록 우리가 함께하지 않아도 알라야와 벅과의 우정을 믿고 마음으로 기댈 수 있다는 사실에 안도했다. 알라야와 벅은 나에게 지금과 같은 자유를 선사했으니까. 나를 어떻게 구하러 온 건지 얘기하느라 잔뜩 상기됐던 알라야의 모습이 떠오른다.

"있지, 사야, 내가 먹을 걸 가지고 돌아오자마자 뭔가 잘못됐다는 걸 바로 알겠더라. 정원에 나 있는 문 자물쇠가 부서져 있고, 벅이 으르렁거리면서 안절부절못했거든. 누군가 너를 데려갔다는 걸 금방 눈치챘어. 네가 쪽지도 안 남기고 갈 리는 없잖아, 그치? 벅한테 네 신발 냄새를 맡아서 흔적을 쫓아가게 해 봤어. 벅이 번개처럼 튀어 나갔지만 작은 골목 끝에서 더 나아가지 못하고 그대로 멈췄지. 그건 골목 끄트머리에서 납치범들의 차에 탔고, 더 이상 네 흔적을 뒤쫓을 수 없다는 걸 의미했지. 나는 당황스럽긴 했지만 이내 네가 앙드레랑 약속을 잡았던 게 생각나서 지중해 기념비 앞으로 가야겠다고 마음먹었지. 작은 팻말에 파란색 글씨로 '4'라고 쓴 다음 시티튜브를 타고 약속 장소로 갔어. 지중해 기념비 앞에 서 있었는데, 3분쯤 지나서 어떤 사람이 내가 든 희한한 팻말을 유심히 들여다보더라고. 글쎄, 그게 앙드레였던 거야! 아이디어가 진짜

대박 아니야? 팻말 가져간 거, 그치?"

나는 기발한 아이디어였노라고 기꺼이 인정했다. 한편 내가 풀려나는 데는 앙드레도 중요한 역할을 했다. 앙드레가 위급 상황에 알맞은 대처를 했기 때문에 약속 장소에 나올 수 있던 거지 절대 우연한 기적은 아니었다.

내가 샘을 찾아오지 않았다는 연락을 받자마자, 앙드레는 자기도 벨상떼 구역을 즉시 떠나는 것으로 계획을 바꿨다. 내가 벨상떼 구역을 떠나고부터 이틀이 지나 앙드레는 초고속선을 타고 구역을 빠져나왔다. 앙드레는 가용에 도착해서 GACH 책임자들에게 자신의 상황을 알렸다. GACH 책임자들은 앙드레가 구역을 황급히 떠나온 것 때문에 아주 난감해하다가 앙드레가 조사한 결과물을 보고서 마음을 누그러뜨렸다. 앙드레가 내 처지를 열심히 설명하며 설득한 덕에, GACH는 모든 방법을 써서 나를 찾기로 결정했다.

앙드레는 구역을 떠나기 전에 내 서류를 빼내는 데 성공하고는 원본의 정체를 알아냈다. 필리프 슈발리에, 가용의 A 구역, 세련된 동네에 사는 아이였다. GACH는 곧바로 필리프네 가족의 집을 감시하기 시작했고, 필리프가 몇 주째 방 안에만 머물렀다는 사실을 금세 확인했다. 그 사실로 복제인간 단체가 아직 나를 붙잡아 수술을 집행하지는 못했다는 걸 알 수 있었다.

혹시나 기대했던 공관 쪽에도 나에 관한 정보가 없었다. 최근에 공관이 단속했던 떠돌이 소년들 가운데는 내 인상착의와 일치하는 아이가 없었다. 앙드레는 내가 왜 샘을 만나러 가지 못했는지 도저히 알 수 없었다. 그리고 두 번 다시 나를 볼 수 없을지도 모른다는 생각에 지쳐가고 있었다. 그때 마침 GACH가 내가 보냈던 메시지를 전해 주었고, 앙드레는 무척 반가워하며 약속 장소로 나가겠다고 했다. 그렇게 앙드레는 팻말을 든 알라야를 만날 수 있었다.

그 후로는 모든 게 빠르게 진척됐다. GACH는 필리프네 집 주변 감시를 강화했다. 앙드레와 알라야도 감시에 참여하겠다는 뜻을 강하게 내세웠고, 실제로도 두 사람은 24시간 내리 자리를 뜨지 않았다. 첫째 날은 아무 일 없이 지나갔고, 이튿날 저녁 응급차가 필리프를 실어 갔다. 알라야와 앙드레는 응급차를 따라 가서 내가 있는 병원을 알아냈다. GACH는 공관에게 이 사실을 알려 병원 문을 열도록 했다. 벅은 날카로운 후각으로 내가 갇혀 있던 병실을 마침내 찾아냈다. 이렇게 내 친구들의 멋진 활약으로 드디어 내 악몽이 끝났다.

내가 자유를 되찾고, 정해진 운명을 벗어날 수 있었던 건 순전히 앙드레와 알라야 덕분이다. 그럼에도 불구하고 나는 이 사건에서 완전히 해방되지는 않았다. 우선 나는 공관의 조사를 받아야 했고 끝없이 많은 질문에 대답을 했다. 그리고 똑같은 말을 재판관이며 변호사, 기자들 앞에서 되풀이해야 했다. 몇 달 동안 조사와 인터뷰가 이어지고 알려지면서 엄청난 파문이 일어났다. 유로랜드 안의 비밀 복제인간 단체는 깨졌고, 그 일대에 퍼져 있던 복제인간 구역들은 문을 닫았다. 복제인간과 관련된 수많은 의사가 감옥에 들어갔고, 여러 정치인도 공직에서 물러났다. 역겨운 복제인간 육성 프로그램을 거들었던 모든 사람은 벌금으로 어마어마하게 많은 돈을 물어야 했다. 복제인간을 위한 사회 적응 프로그램도 출범했다. 어린아이들은 큰 무리 없이 입양 가족을 찾았다. 이미 어른이 된 복제인간들에게는 나라에서 특별 센터를 만들어 주었다. 구역 안에서 너무 오래 살아온 터라 복제인간들이 바깥세상에서 남들처럼 평범하게 살기는 어려웠으니까. 그들이 안전하게 살아갈 수 있도록 특별한 공간을 만든 것이었다.

다시 내 얘기로 돌아와 보자면, 나는 자꾸만 내 원본인 필리프가 떠올랐다. 필리프는 오염된 우유를 마시면 걸리는 '비에

루스크'라는 희귀하고 위중한 질병을 앓고 있다고 했다. 이 병에 걸리는 많은 사람들 중에서도 아주 운이 없는 소수의 사람들만 위험한 수준으로 발병한다고 했다. 필리프가 마침 이런 경우였다. 골수를 이식받아야만 죽음을 막을 수가 있었다. 내 골수가 필요했던 거였다.

나는 골수 이식에 관해 알아보았다. 아무한테도, 심지어는 앙드레에게도 얘기하지 않고 혼자 조사했다. 내게서 골수를 약간 빼내더라도 내 목숨은 위험하지 않다는 걸 알았다. 큰 위험을 감수하지 않고도 필리프의 목숨은 살릴 수가 있다고 하니 망설임이 오래가지 않았다. 나는 나의 분신이 죽을 때까지 아무것도 하지 않고 내버려둘 순 없었다. 뭐라 콕 집어 말하긴 어렵지만 우리 둘을 이어주는 유대감을 너무 강하게 느낀 탓이다.

나는 필리프에게 골수를 이식하겠다고 앙드레에게 의사를 밝혔다. 앙드레는 나를 말리려고 하지도 않았다. 내가 진정한 영웅이라고만 말할 뿐이었다. 그 말이 무슨 뜻인지 이해할 수는 없었지만, 앙드레가 나를 칭찬한 건 분명했다.

수술은 아무 탈 없이 순조롭게 이뤄졌다. 바로 두 달 전만 해도 내가 원치 않던 수술이었다는 게 새삼스러웠다. 필리프와 그 부모님은 나를 만나 내게 고맙다는 인사도 하고 교육을 받는 데 필요한 모든 비용을 지불하고 싶다고 했다. 법원에서 필리프 가족에게 선고한 아주 막대한 벌금과는 별개로 말이다. 나는 필리프 부모님의 사례를 사양했다. 수술을 받은 뒤로 필리프가 잘 회복하고 있다는 소식만으로 충분히 만족스러웠고, 이제 더 이상 얽히고 싶지 않았다. 나는 필리프 가족에게 나를 최대한 잊어 달라고 부탁했을 뿐 아무것도 바라지 않았다. 필리프를 만나고 싶다는 마음도 그다지 크진 않았다. 더 많은 시간이 지나야 그 아이를 편히 볼 수 있을 것 같았다. 내가 목숨을 살려 준 아이, 나도 어쩔 도리 없이 서로 이어져 있다는 느낌에 사로잡히게 만드는 그 아이를 말이다.

에필로그

나와 앙드레가 가용을 떠나서 니나와 알라야, 벅이 있는 자연 보호 지역에서 함께 지낸 지도 벌써 2년이 되었다. 숲 전문가인 앙드레는 나무를 보호하는 일을 맡고, 니나는 동물들을 관찰한다. 내 보기에 두 사람은 결혼해서 아주 행복하게 지내는 것 같다. 머지않아 둘 사이에서 아이가 태어날 예정이라 앙드레도 나도 둥글게 부풀어 오른 니나의 배에 정신이 팔려 있다. 아이가 태어나면 두 사람의 관심을 독차지할 거라는 게 샘이 나기도 하지만 다행히 내 곁엔 알라야가 있다. 알라야가 주는 애정은 당연히 벅과 나눠야 하지만.

알라야와 나는 평일에는 이곳과 가장 가까운 도시인 로르

주에서 학교를 다니고, 주말이 되면 앙드레와 니나를 만나러 자연 보호 지역으로 온다. 앙드레와 니나는 우리의 부모 노릇을 하기에는 너무 젊다. 하지만 두 사람은 우리의 보호자로 정해져 모자랄 데 없는 애정을 주고 있다. 그 둘의 굳건한 관심과 지지가 우리의 마음을 편안하게 해 준다. 니나와 알라야는 동물을 향한 사랑을 공유하고 있는지라 서로를 아주 잘 이해한다. 알라야는 장차 니나의 조수가 되겠다는 뜻도 확고하다.

나는 어떤 일을 하고 싶은지 아직 잘 모르겠다. 일단은 바깥 세상에서 평범한 생활을 하는 데 배워야 할 것들이 많으니까! 벨상떼 구역에서 시작해서 먼 길을 돌아 지금 이 자리까지 왔다. 그래도 여전히 나다움이 무엇인지 찾기 위해 알아야 할 것들이 많다. 때로는 앞으로도 진짜 내가 원하는 모습이 무엇인지를 알아낼 수 없을지도 모른다는 생각에 좌절하기도 한다.

그렇게 시무룩해질 때면 나는 앙드레의 미소, 벅의 선한 눈망울, 니나의 둥그런 배를 바라보며 내 곁에는 내가 사랑하는 친구들이 있다는 걸 확인한다. 알라야의 곧고 바른 자세에서 풍겨 나오는 강인함을 느끼고, 길게 휘어진 속눈썹과 다부진 입술을 지그시 바라보며 앞날을 향한 자신감을 가져 본다.

2047년 4월 15일, 로르주 자연 보호 지역에서

블루 4호

초판 1쇄 발행 2022년 3월 25일
초판 2쇄 발행 2023년 12월 21일

글 파스칼 마레 옮김 장한라
펴낸이 김명희 편집장 이은희 책임편집 김아란 디자인 씨오디

펴낸곳 다봄 등록 2011년 6월 15일 제2021-000136호
주소 서울시 마포구 토정로 222 한국출판콘텐츠센터 305호
전화 02-446-0120 팩스 0303-0948-0120
전자우편 dabombook@hanmail.net 인스타그램 instagram.com/dabom_books

ISBN 979-11-92148-05-2 43860

＊ 책값은 뒤표지에 있습니다.
＊ 잘못 만든 책은 구입하신 곳에서 교환해 드립니다.